小説 仮面ライダー鎧武

著：砂阿久 雁　鋼屋ジン

監修：虚淵 玄

（ニトロプラス）

講談社キャラクター文庫 020

小説 仮面ライダー鎧武

原作
石ノ森章太郎

著者
砂阿久 雁
鋼屋ジン
（ニトロプラス）

監修
虚淵 玄
（ニトロプラス）

協力
金子博亘

デザイン
出口竜也
（有限会社 竜プロ）

目 次

キャラクター紹介

呉《くれ》島《しま》貴《たか》虎《とら》

アーマードライダー斬月《ザンゲツ》・真《シン》

アーマードライダー斬月・真として戦い続ける男。ユグドラシルが進める、限られた人類だけを救済するプログラム『箱舟計画《プロジェクト・アーク》』の責任者として、その罪を一身に背負う覚悟で孤独に戦い続けてきたが、葛葉紘汰との出会い、弟・呉島光実との衝突を経て、真に世界を救う意味を見出していく。現在は、沢芽《ざわめ》市の復興に尽力する傍ら、ユグドラシルが残した技術の悪用の芽を摘むべく、世界各地を東奔西走している。

凰《おう》蓮《れん》・ピエール・アルフォンゾ

アーマードライダーブラーボ

沢芽市の人気洋菓子店「シャルモン」の店長。フランス国籍を得るために軍に入隊した経歴を持ち、その戦闘能力は常人を凌駕《りょうが》する。沢芽市を守るヒーローとして、ビートライダーズたちと敵対関係にあったが、ヘルヘイムの森の真実を知り、街を守る同志として協力する。城乃内秀保にパティシエの才覚を見出し、弟子として日夜鍛えている。本名・凰蓮厳之介《げんのすけ》。呉島貴虎を「メロンの君《きみ》」と呼び、敬愛している。

狗《く》道《どう》供《く》界《かい》

アーマードライダーセイヴァー

過去にリンゴロックシードの暴走事故で死亡したユグドラシルの研究員。戦極凌馬の前に謎のロックシードを携え現れる。アーマードライダーにも変身できるようだが、いまだ謎の部分が多い。

葛葉《かずらば》紘汰《こうた》

アーマードライダー鎧武《ガイム》　始まりの男

手にした大きな力に翻弄され、思い悩みながらも、自分の欲望のためではなく、人々を守るために戦い続けた心優しき男。ユグドラシルとの戦い、オーバーロードへの目覚め、そして駆紋戒斗との世界をかけた決戦を経て、人間を超えた存在『始まりの男』となった。『始まりの女』となった高司舞と共にヘルヘイムの脅威ごと地球を離れた。

駆紋《くもん》戒斗《かいと》

アーマードライダーバロン

幼い頃に弱者として強者に踏みにじられる苦しみを知り、弱い者が虐げられない世界を作ろうとした男。敵味方問わず、人を引きつける高いカリスマ性を持つ。宿命のライバル、葛葉紘汰との決戦の後、彼の強さを認め、その短い生涯を終える。

高司《たかつかさ》舞《まい》

始まりの女

チーム鎧武のメンバーで、葛葉紘汰とは幼馴染《おさななじ》み。プロのダンサーを目指し、日夜ダンスの練習に明け暮れる日々を送っていた。オーバーロード・ロシュオによって黄金の果実を心臓に埋め込まれ、『始まりの女』に転生を果たす。時間の中を巡り、戦いを避けるべく過去の人間に未来への警告を発し続けた。

戦極《せんごく》凌馬《りょうま》

アーマードライダーデューク

ユグドラシルの研究員にして、戦極《センゴク》ドライバーを開発した天才研究者。己の研究のためには手段を選ばない冷酷かつ独善的な性格。黄金の果実を高司舞の心臓ごと手に入れるも、ロード・バロンに変貌した駆紋戒斗の手により、致命傷を与えられ、最後はビルから落下し死亡する。

呉《くれ》島《しま》光《みつ》実《ざね》

アーマードライダー龍玄《リュウゲン》

チーム鎧武のメンバーで、呉島貴虎の弟。自分の居場所であるチーム鎧武を守るために嘘《うそ》を重ねた結果、ただ一人修羅の道を進んでしまった過去を持つ。だが、葛葉紘汰と高司舞の赦しに心を救われ、二人が守ろうとした世界を守ることを心に誓う。和解した兄・呉島貴虎の仕事をいずれは手伝うべく、現在は沢芽市の大学に通っている。

ザック

アーマードライダーナックル

チームバロンの一員にして現リーダー。駆紋戒斗がチームを離れてからは、アーマードライダーナックルとして沢芽市を守るためにインベスやオーバーロードと戦い続けた。熱い性格の持ち主で、駆紋戒斗の遺志を継ぎ、ネオ・バロンが起こした事件を終結に導いた。再度渡米し、自分のダンスの実力を試す機会を窺《うかが》っている。

城《じょう》乃《の》内《うち》秀《ひで》保《やす》

アーマードライダーグリドン

チームインヴィットのリーダーで、洋菓子店「シャルモン」に勤めるパティシエ見習い。策士を自称し、自分の手は汚さない姑息《こそく》な考えを持っていたが、凰蓮・ピエール・アルフォンゾの下での修行や、街の危機に正面から立ち向かったことで人間的成長を遂げる。いまは店長不在時でも店を仕切るなど、パティシエとしての腕にも磨きをかけている。

シャプール

駆紋戒斗と瓜二《うりふた》つの容姿を持つ一国の王子。性格は戒斗と正反対で明るく、笑顔を絶やさない。沢芽市を訪問した際、暗殺騒動から救ってくれた戒斗の強さや、彼と仲間たちとの絆《きずな》に感化され、自分の果たすべき責務に改めて向き合う。騒動終結後は、「国に戻れば、味方してくれる人がいる。その人たちを信じてみる」という趣旨の手紙を戒斗に渡し、帰国した。

サガラ

オーバーロードたちから「蛇」と呼ばれ、自らをヘルヘイムそのものと名乗る謎の男。葛葉紘汰をはじめ、世界の破壊と再生に関わる人間の前に姿を現す。

ミハイル・スチュグレフ

呉島貴虎に協力する、ロシアのハイテクベンチャー企業の社長。

ペコ

チームバロンの一員で、現ナンバー2。ダンスが好きで、合同ダンスイベント開催の際には駆紋戒斗に反抗し、ダンスへの熱意をぶつけた。現在はチーム鎧武とも協力し、街を盛り上げるためにステージで踊っている。

リカ｜チャッキー｜ラット

チーム鎧武のメンバーたち。かつて他のチームと抗争していたが、いまでは共にダンスを踊り、沢芽市を盛り上げている。

湊《みなと》耀《よう》子《こ》――アーマードライダーマリカ

ユグドラシルの一員で、戦極凌馬の秘書。駆紋戒斗と出会い、彼の力への執着に感化され、その行く末を見届けることを選ぶ。ザックの仕掛けた爆弾から、駆紋戒斗を守るためにその命を散らす。

シド――アーマードライダーシグルド

沢芽市で錠前ディーラーとして暗躍していた男。自らの野望のためユグドラシルを裏切り、黄金の果実を手に入れるためロシュオに戦いを挑むも、その圧倒的な力の前に命を落とす。

初《は》瀬《せ》亮《りょう》二《じ》――アーマードライダー黒影《クロカゲ》

チームレイドワイルドのリーダー。城乃内秀保と共に他のチームを出し抜こうとするが、気性の荒い性格と詰めの甘さで何度も失敗を重ねる。ヘルヘイムの実を口にしたことでインベスに変貌し、最後はシドの手により処理されてしまった。

コウガネ——アーマードライダーマルス——アーマードライダー邪武《ジャム》

過去にオーバーロードにより人工的に造りだされた黄金の果実。呉島光実と『始まりの男』となった葛葉紘汰により完全消滅した。

阪東清治郎《ばんどうきよじろう》

フルーツパーラー「ドルーパーズ」のオーナー。

イヨ

フルーツパーラー「ドルーパーズ」のアルバイト店員。

レイモンド——サイス——アイザック

かつて凰蓮・ピエール・アルフォンゾと共に世界の戦地で戦ってきた傭兵《ようへい》たち。凰蓮に親しみと信頼を寄せている。

序章

二人の男が、戦っている。

鎧《よろい》をまとった武者の如《ごと》き姿の二人。

「戒斗！　悲しみや絶望の他に手に入れたものはなかったのか⁉　その怒りがお前のすべてだったのか⁉」

「そうだ！　弱さに痛みしか与えない世界、強くなるしか他になかった世界を俺は憎んだ！　いま、そのすべてを滅ぼす力に手が届く——貴様を超えた先に‼」

「超えさせない、超えちゃならない！　戒斗、それがお前にとっての俺だ‼」

ひとりは強者が弱者を蹂躙《じゅうりん》する世界を憎んだ。故に自らの弱さを憎み、誰よりも強くなろうとした。

駆紋戒斗——矛盾に満ちた怒りを具現化したその姿は、禍々《まがまが》しき紅蓮《ぐれん》の炎ロード・バロン。

ひとりは理由のない悪意に翻弄される世界の間で悩み続けた。故にその身を捧《ささ》げ、誰も彼もを守り抜こうとした。

葛葉紘汰——純粋な想いを照らし返すその姿は、眩《まばゆ》い白銀の輝きアーマードライダー鎧《ガイ》武《ム》極《キワミ》アームズ。

バロン——戒斗の放つ熾烈《しれつ》な剣撃を、逃げず真正面から受け止める鎧武——紘汰。

既に二人の斬撃は人の目には捕らえられず、打ち合わせた剣が起こす衝撃が地表を砕く。

互いの信念と人類の未来をかけた死闘。

持てるものすべてを駆使し、死力の限りを尽くして、もはや魂と魂のぶつかり合いがあるのみだ。

だがどんな物語にも結末がある。この戦いにも決着は訪れる。

「これで、終わりだ……葛葉！」

大上段から振り下ろされるバロンの大剣。

「それでも……俺は……！」

その刃《やいば》を受け止める鎧武。渾身《こんしん》の力を込め、刀身を叩《たた》き折る。

そのまま折れた剣先を握り締め、バロン目がけて突き出す。

「デヤアアァァ――――！」

折れた刃が、鎧武の最後の一撃が、バロンを貫いた。

勝敗は、決したのだ。


未来を勝ち取った男は、葛葉紘汰は涙を流す。

息も絶え絶えな敵を、駆紋戒斗をその腕に抱きながら。

「……何故《なぜ》泣く？」

「泣いていいんだ……それが俺の弱さだとしても……拒まない。俺は泣きながら進む」

答える紘汰の胸を、戒斗の拳が叩く。

その口元にはわずかに微笑みが浮かんでいた。

「お前は……本当に、強い」

それが最強の果実を手に摑《つか》もうとした男の最期だった。


熾烈な戦いの物語は終わった。

黄金の果実を手にした男と女は地球を去り、遥《はる》か彼方、始原の星へと赴き新たなる世界を築く。

そのすべてを『彼』は見届けていた。

「これは救いではない」

そう言い残し、『彼』は幻のように消えた。

ひとつの物語が終わり、新たな物語が始まる。

第一章

1

ロシアを東西に横切るシベリア横断道路。

モスクワから東へ約四千キロ、クラスノヤルスク付近。

色褪《いろあ》せた空の下、見渡す限り広がる平原と針葉樹の森。

そんな閑散とした景色の中を、自動車道がどこまでも続いている。

かつてロシアの辺境と呼ばれた頃に比べれば、大きく発展した地域だが、それでも行き来する自動車の姿は少なく、まれに物資を運ぶ大型トレーラーか近隣農家のトラクターが通る程度だ。

そんな土埃《つちぼこり》の浮いたアスファルトの上を、甲高い音を立てながら猛スピードで疾走する二台のバイク。

共にカウリングが装着されたスーパースポーツモデル。

ライディングジャケットにフルフェイスヘルメットを装備した二人のライダーは、深く上体を前屈させ、高速走行の風圧に耐えている。

彼らがしきりとバックミラーへ視線を向けるのは、数十分前に振り切ったパトカーが追いついてきていないかを確認しているのだろう。

速度はゆうに時速二百五十キロを超えていた。

一般のパトカーでの追跡は不可能であろうし、この近辺にパトカーを出せる警察署は存在しない。

ヘリコプターなら可能だが、いまのところその姿は見えない。

あと六十キロも走ればクラスノヤルスクの市街地。そこで事前に用意しておいた自動車へ乗り換えるのが、彼らの計画であった。

と、矢のように突き進むアスファルトの遥《はる》か向こうに、小さな二つの点があるのに彼らは気づく。

黒い乗用車と銀色のワンボックス車が路肩に停車しているのだ。

さらに目を凝らせば、その傍らに人影がひとつ。

停車している自動車の乗員であろう男は、何を考えているのか道の真ん中へと歩を進めると、接近するバイクへ身体を向ける。

「……！」

男の正体に気づいたのだろうか、バイクの二人は即座にヘルメットを脱ぎ捨てると、ジャケットのポケットから拳大の奇妙な装置を取り出した。木の実に似た装飾が施されたそれを、腰に巻いたベルトに取り付けて──。

『ロックオン！』

奇妙な合成音が鳴り響いたかと思うや否や、走行する二台の上空に、まるでファスナーが開いたかのような丸い穴《クラック》が出現。

そこから落ちてきた巨大な鋼の木の実が、閃光《せんこう》と共に身体を覆い、二人を異形の戦士へと変身させた。

『マツボックリアームズ！』

それは、かつて黒影と呼ばれた鎧武者《アーマードライダー》。

黒影に変身した二人は、馬を駆る騎兵の如く左手に槍《やり》──影松《カゲマツ》を携え、前方の人影に向けて、さらにアクセルを煽《あお》る。

だが路上の男は微塵《みじん》も動じず、むしろ悠然と構えていた。

黒い瞳と髪。見た目はアジア系のようだが、彫りの深い顔立ちや、長身で引き締まった身体は、ロシア人と並んでも見劣りしないだろう。

男は黒影たち同様、果実の形に似た装置をスーツの内側から取り出し、

「変身」

そう発すると同時に機械仕掛けの果実──メロンエナジーロックシードを腰に巻いたベルトに装着する。

『ロックオン……ソーダ！』

腰のベルト──ゲネシスドライバーが高らかに宣言し、頭上から舞い降りたアーマーが

男と一体になる。

『メロンエナジーアームズ！』

男の名は呉島貴虎。

高貴なる精神が結晶したその姿は、明媚《めいび》たる白き月光アーマードライダー斬月・真！

変身した斬月・真は、右足を一歩前へと踏み出し、軽く上体を捻った姿勢で、向かってくるバイクを待ち受ける。

だらりと下げた右手に握られているのは、光の矢を放ち、また両端には刃を持つ遠近両用の武器、創世弓《そうせいきゅう》ソニックアローだ。

フルスロットルで接近する二台のバイク——脚を止め、それを待ち受ける斬月・真。コンマ数秒の後、三者が路上で交錯する。

弾かれるように左右へ分かれたバイクの上から、ほぼ同時に——斬月・真目がけて二本の槍が放たれる。

時速二百五十キロを超えるバイクの速度と、人を超えたアーマードライダーの腕力によって繰り出される超高速の槍撃《そうげき》。

回避不可能にも思える左右からの同時攻撃を、斬月・真は巧みにかい潜る。

「はああッ！」

裂帛《れっぱく》の気合と共に、黒影の横腹目がけてソニックアローが一閃《いっせん》。

黒影の死角から繰り出された、居合の如きその一撃は、あっけなく黒影の意識を刈り取ってしまう。

制御を失いバランスを崩したバイクは、並走していた仲間を巻き添えにして転倒。部品を撒《ま》き散らしながら路面を転がった。

「――!!」

巻き添えを食った片方の黒影は、転倒直前にバイクから飛び降りるや、素早く体勢を整え、怒声を上げながら斬月・真を目がけて駆け出す。

バイクほどではないにしろ、その走りは常人ではあり得ない速度だ。

そんな黒影を見据え、斬月・真はロックシードをソニックアローに装着し、弦を引き絞る。

『メロンエナジー!』

ソニックアローから放たれた光の矢は、眩《まばゆ》い尾を引いて飛翔《ひしょう》すると、寸分の狂い無く黒影へと命中。黒影は、その場へ力無く崩れ落ちた。

「よし、二人を拘束しろ!」

勝敗が決すると、即座に停車中のワンボックス車から、民間警備会社のユニフォームを着た男たちが飛び出し、倒れている二人へ駆け寄る。

「ふう……」

変身を解き、息を漏らす貴虎。

瞬く間に二人の黒影を倒したその技量は、戦極《センゴク》ドライバーの開発段階から関わり、誰よりもその性能に熟知した貴虎だからこその神業といえた。

「見事だ、タカトラ」

乗用車から降りて歩み寄った、ロシア人の中年男性が感心したように笑いかける。

この男はロシアのハイテクベンチャー企業の社長であり、貴虎とは古くからの友人であった。

「あなたの情報網のおかげだ、ミハイル。ここで彼らを捕まえられなければ、面倒なことになっていただろう」

「一人でユグドラシルの後始末をする君に比べれば、これくらいたいしたことではないさ」

「自分で撒いた種だからな……」

道路に転がっていたロックシードを拾い上げる貴虎。

ヘルヘイムの脅威が去った後、貴虎は世界の復興に尽くすことを決意した。

そんな彼の役目のひとつ、それは世界各地に支社があったユグドラシルが解体された時、どさくさに紛れて持ち出された戦極ドライバーやロックシードなどの回収だった。

ロシアで、アーマードライダーによる強盗事件が起きたとの情報を得た貴虎は、すぐさまロシアを訪れると、捜索を続けてきたのだ。

「スチュグレフ社長、彼らの指紋を照合しました。『イノヴェルチ』の幹部に間違いありません」

バイクの二人の取り調べをしていた警備会社——警備会社と言っても、社員全員が元軍人と元警官によって構成された、限りなく民間軍事会社と呼べるものだったが——の隊長がスチュグレフへ報告する。

貴虎たちは強盗がイノヴェルチと呼ばれる犯罪組織によるものであることを突き止めていた。

目撃証言や内部からの密告によって、彼らは四基の戦極ドライバーを所有していることが判明。そのうち二基は既に回収済みであったから、今回の二基ですべてを回収したことになる。

「これでこの国での君の任務は完了だな」

「いや、戦極ドライバーとロックシードがいったいどこから、どういう経路でロシアンマフィアの手へ渡ったかがわからなければ、解決したことにはならない」

いまのところ捕まえたマフィアたちは、戦極ドライバーの出所について「幹部の二人がどこかから手に入れてきたので自分にはわからない」と言い張っている。

それが本当なのか、言い逃れの嘘《うそ》なのか、今日捕まえた二人を問い詰めれば明らかになるかもしれない。

「それと、彼らの財布からこんなものが……」

そう言いながら隊長がスチュグレフへ手渡したのは黒いカードだった。

「名刺か？　タカトラ、どう思う？」

名刺は名前と携帯電話の番号、メールアドレスだけが記された簡潔なものだ。

しかし名刺の裏を見た貴虎が、驚きに目を見開く。

そこにはボールペンで、こう走り書きされていた——。

〈чёрный липа〉

「黒の菩提樹《チョールヌイ・リーパ》……」

貴虎は名刺を見つめながら、苦々しげに呟《つぶや》いた。

それはかつて沢芽市で騒動を起こしたカルト集団の名だ。

だが指導者を失い、そのまま消滅したはずだった。

その忌まわしき名が記された名刺を、何故ロシアンマフィアが持っているのだろうか？

2

「夏服が必要だな……」

急ぎロシアで着用していた衣服のままで来てしまった貴虎だったが、さすがにこの国の湿度と気温では耐えがたい。

シベリア横断道路上での一件から約二週間。

貴虎はアジアの南部に位置する、とある小国を訪れていた。

現在、この国は国王派と反国王派の武装グループとの衝突で緊迫した社会情勢にある。

この国、唯一の国際空港。誰を待っているのか、貴虎は一人、空港ロビーに佇《たたず》んでいる。

かつては海外からの観光客で賑《にぎ》わっていた空港内も、政情不安定になってからはめっきり客足が遠退《とおの》き、地味な色のスーツを着たビジネスマンと迷彩色の戦闘服を着込んだ軍人ばかりが目に付いた。

天井から吊《つ》るされたインフォメーションボードに成田《なりた》発の旅客機が到着したことを知らせるメッセージが表示され、程なくボーディング・ブリッジへ通じた扉から乗客たちが姿を現す。

その一団の中に、貴虎へ向かって大きく手を振る人影――。

「きゃーメロンの君《きみ》～！　ご無沙汰～!!」

ドスの利いた嬌声《きょうせい》がロビーに響き渡る。

何事かと周囲の目が注がれるが、声の主を視界に捕らえた途端、皆慌てて目を逸らしてしまう。

それもそのはず、声の主は屈強な身体を派手な豹柄《ひょうがら》のスーツで包み、凄《すご》みのある強面《こわもて》を女性的なメイキャップで飾った大男。

おそらくは世界最強のパティシエ、凰蓮・ピエール・アルフォンゾだ。

「わざわざ遠くまで来てもらってすまない」

「とんでもない！　お呼びとあらばこのワテクシ、たとえ地の底へだって参りますわよ！」

貴虎の労《ねぎら》いに、満面の笑みで応える凰蓮。

「相変わらずだな、君は」

以前と変わらない凰蓮の様子に、貴虎は苦笑する。

この男、いったいどこまでが本気なのか？

貴虎には理解しがたい凰蓮の性格ではあるが、何度か目にしたその強さが本物なのは確かだ。

「それで、ワテクシにどういったご用かしら？」

「それについては……外に車を待たせてある。詳しくはホテルへ向かう途中で話そう」

軽く周囲に視線を走らせたことで、内容を周囲に聞かれたくないのが窺《うかが》えた。事情を説明しないまま凰蓮を呼び寄せたのも、同様な理由によるのだろう。

空港ビルを出て、自動車の送迎エリアへ向かう。そこには、運転手付きのリムジンが二人を待っていた。

「Splendide!《スプランディット》　素敵だこと」

「借り物だ」

リムジンはスチュグレフの会社の取引先から借用した重役用の送迎車で、防弾や盗聴対策も施された特注品だった。当然、運転手の身元も調査済みである。

「私が海外で、ユグドラシルの後始末をしているのは知っているな？」

装甲の入った分厚いドアが閉じられ、リムジンが走り出すと、貴虎はようやく口を開いた。

「ええ、戦極ドライバーやロックシードの回収をしてるのよね？」

「そうだ」

貴虎は、ここしばらくロシアを飛び回ってかき集めた情報を凰蓮に伝える。

約二週間前、ロシアンマフィアから戦極ドライバーとロックシードの回収に成功した貴虎であったが、その入手先についてマフィアたちは頑《かたく》なに口を閉ざし続けた。

マフィアの幹部が持っていた名刺の人物こそ、彼らに戦極ドライバーとロックシードを渡した張本人と見込みをつけたものの、名刺に記された電話番号やメールアドレスは使い捨ての物で、手がかりはその南アジアの人間と思《おぼ》しき名前だけ――。

それでも丹念にマフィア幹部のここ数ヵ月の行動を追いかけた貴虎は、監視カメラの映像を入手、マフィアの幹部がアジア人らしき男と接触しているのを見つけ出す。

男は、この国最大の財団の元重役で、戦極ドライバーをマフィアへ横流ししていたのであった。

「確か先代総帥が投獄されていたわよね？　クーデターを計画してたらしいけど」

「ああ。財団は独自の調査でプロジェクト・アークを知り、戦極ドライバーを秘密裏に入手しようとしていた。アーマードライダーによる国家転覆も企んでいたらしい。先代の失脚後は、御曹司のシャプールという青年が財団を引き継ぎ、立て直しに奔走しているようだ」

「その財団が戦極ドライバーやロックシードを製造しているってワケ？」

「いや、シャプールは財団の健全化に努めている。彼に怪しい動きはない」

「ふぅん、若いのに立派ねえ。いったいどんな子なのかしら？」

「……戦極ドライバーを造ったのは黒の菩提樹だ」

「黒の菩提樹って……確か以前、沢芽市を騒がせていたカルト集団よね？」

「ああ、指導者の名は狗道供界。かつてユグドラシルの研究員だった男だ」

ユグドラシルの名に、凰蓮の表情が変わる。

「彼は研究中の事故で命を失ったが、数年後に再び姿を現し、黒の菩提樹を結成した。そして独自のロックシードを使って、ユグドラシルにテロを仕掛けたのだ。その時、私と凌馬で奴を倒したはずなのだが……」

「Pardon《パルドン》? ちょっと待って、ワケがわからないわ。その狗道って男、二回も甦《よみがえ》ったってことなの？」

「まさか、それはあり得ん」

凰蓮の疑問を、貴虎は即座に否定する。

「おそらく事故の時には死に至らず、何らかの形で生きながらえたのだろう。今回は死んだ狗道に代わって、他の何者かが組織を動かしているに違いない」

供界は神出鬼没な男であったが所詮は人間、死を覆すことは決してできない。

少なくとも貴虎はそう信じていた。

凰蓮は「ま、死んだ人間の復活なんて、如何《いか》にもカルトが考えそうな与太話よね」と頷《うなず》くと、話を戻す。

「でも、何となく読めてきたわ。先代総帥と一緒に失脚した元重鎮が反国王派として、黒の菩提樹と繋《つな》がっているのね」

アーマードライダーならば単独で、武装した集団と渡り合うことも可能だ。

起死回生を狙う反国王派にとって、喉から手が出るほど欲しいアイテムに違いない。

彼らは戦極ドライバーと引き替えに、黒の菩提樹にアジトや活動資金を提供しているのだろう。

「どんなことがあろうと……」

車窓の外を流れてゆく、一見のどかな風景を見つめながら、貴虎は強い口調で断言する。

「どんなことがあろうと、アーマードライダーを戦争の道具として使わせるわけにはいかん」

「Beau!《ボー》　その憂いを秘めた面差し！　強い信念のこもった瞳！　素敵でしてよ！」

相も変わらぬ凰蓮の態度に、貴虎も思わず険しい表情をゆるめてしまう。

「それで凰蓮、君に頼みたいことなのだが……」

「……つまり、パティシエになる前のワテクシのスキルが必要ということですわね？」

パティシエとしての修行を始める以前、凰蓮はフランス国籍を取得するために外人部隊へ入隊し、傭兵《ようへい》として世界各地を転戦した過去があった。

「黒の菩提樹の施設を破壊し、アーマードライダーが内戦に使われるのを防ぐには、君の傭兵としての経験と、かつて君と共に戦った傭兵たちの協力が必要だ」

「Oui!《ウイ》　お任せあれ！」

凰蓮は自分の分厚い胸板をポンと叩《たた》いてみせる。

「そんなことだろうと思って、もう昔の仲間たちに声をかけてありますの。すぐにでも呼び寄せられますわよ」

「助かる。それから、これを」

貴虎は足元に置いていたアタッシュケースを凰蓮に渡す。ケースを開き、中身を確認した凰蓮の顔に不敵な笑みが浮かぶ。

「あら、これはこれは……」

「ユグドラシルEUの残党から回収したものだ。使ってくれ」

凰蓮はケースの中身——戦極ドライバーとドリアンロックシードを取り出す。

「Très《トレ》 bien《ビアン》! 久しぶりにワテクシの華麗な戦い、お見せできるわね」

そう告げる凰蓮の表情はパティシエのものではなく、歴戦の傭兵としてのそれだった。

3

貴虎と凰蓮は、ホテルへ到着するとすぐさま行動を開始する。

二人は酔狂な外国人資産家を装い、首都近郊の山中に廃屋同然の別荘を借りる。もちろん作戦の拠点にするためだ。

別荘の周辺には人家がなく、訓練場として使える広い庭があるので好都合であった。

凰蓮の召集を受けて、世界各地からかつて彼と共に戦った傭兵たちが到着する。

彼らがそのまま別荘へ向かうと、さすがに目立ってしまうため、いったん分散して近隣地区へ向かい、そこから目立たぬよう徒歩でやって来るよう指示が与えられた。

「凰蓮隊長、お久しぶりです！」

「レイモンド、元気でやっていた？」

「ミスター凰蓮、また一緒に戦えて嬉《うれ》しいよ」

「私もよ、サイス。頼りにしてるわ」

「おい、凰蓮！　俺様をこんな国に呼び出しやがって！　またろくでもない作戦をおっぱじめる気なんだろう⁉」

「あら、まだ生きてたのね、アイザック。安心なさい、アンタにお似合いな最高の戦場を用意しているから」

久々に再会した旧友たち。その一人ひとりを歓迎する凰蓮。

傭兵たちは人種も年齢もバラバラだ。如何にも軍人然とした者もいるが、武器を持って戦場を駆ける姿が想像できないホワイトカラー風の青年や、全身にタトゥーを彫ったアウトロー風の巨漢など、様々な人間がいる。

しかし、そんな千差万別な男たちに共通しているのが、誰もが凰蓮に対して深い敬意を寄せていることだ。そして凰蓮もまた、そんな彼らを信頼していることが窺えた。

彼らの関係は、一般の軍隊のような上下ではなく、強い絆《きずな》で結ばれた仲間同士といった様子であった。それ故、交わされる会話もフランクだ。

例えば――、

「紹介するわ、彼が今回の依頼主の貴虎よ」

凰蓮がそう紹介した途端、察しの良い兵たちは、

「隊長の新しい恋人ですか?」

「どうせ、また片思いだろう?」

「アンタたち……訓練で死ぬほどしごいてやるから覚悟なさい!」

――と、こんな具合である。

作戦に必要な兵士は順調に集まりつつあったが、問題となったのは彼らに持たせる武器の調達であった。

国内でも非合法ルートを使えば何とか調達は見込めたが、警察や軍に貴虎たちの存在を知られる危険性が高い。

そこで凰蓮は、過去に大きな貸しがあるという某国の密輸業者に武器弾薬を外国から貨物船で運ばせ、深夜に洋上で受け取るという方法を用いて、どうにか確保に成功する。

これに関しては政情不安のために、洋上密輸に対しての警備が手薄になっていたことも幸いした。

さらにそれらと並行して、黒の菩提樹のアジトがある場所の特定も進められた。

財団の元重役から「南西にある湖の近く……」程度は聞き出せていたものの、正確な位置については不明だったのだ。

「黒の菩提樹が反国王派の武装グループと手を組んでいる以上、アジトを警備隊が守っている可能性もある。確認が必要だ」

「大丈夫、それについても手配済みよ」

凰蓮の昔馴染《むかしなじ》みには情報収集のエキスパートもおり、別行動で黒の菩提樹のアジトの位置、加えて武装グループとの関係などに関しての調査を進めていた。

召集した最後の傭兵が別荘へ到着したのと前後して、情報収集の成果も凰蓮の手元へと届けられる。

「連中のアジトは、ここよ」

調査報告を受けた凰蓮は、タブレット・コンピューターに首都近郊の航空写真を表示させ、その一点を指差す。

そこは湖の周囲に広がる樹海の中。繁茂する樹木が邪魔で、建物があるのかさえ判別がつかない位置だ。

「この画像ではわからんな」

「慌てないで」

凰蓮の操作で航空写真の上にウィンドウが開き、樹海の中で撮影された写真が映し出された。

建設現場でよく見る、金属製の白いパネルが樹海の中にズラリと立ち並び、その内部を周囲から隠している。

建設現場にしてはパネルの周囲が整いすぎているし、その上から覗《のぞ》いた無数の監視カメラが物々しい。

画像は様々な方向から何枚も撮られており、樹木との対比からパネルが囲んでいる敷地は、およそ一辺が二百メートル程度の正方形だとわかる。

「想像していたより規模が大きい……」

「見て、この写真。囲いの内側が見えてる」

何十枚目かの画像。トラックを敷地内へ入れるため、パネルの一部が左右に開かれ、そこから内部が覗いていた。

思わずタブレット画面へ顔を近づける貴虎。

未舗装の地面にプレハブ建築が立ち並び、その周囲に多くの人影が見える。

人影は、軍服や制服的なものは着ておらず、街角で見かけるような私服姿だが……何か奇妙な印象を感じさせた。

「何かしら……みんな手に何か持っているわね？」

「ロックシードだ」

貴虎はかつて沢芽市で遭遇した、黒の菩提樹の信徒たちを思い起こす。

彼らは皆、黒の菩提樹によって製造されたザクロロックシードを手にしていた。

戦極ドライバーの発明者——そして貴虎の友でもあった——戦極凌馬によれば、ザクロロックシードには、所有者をトランス状態にして洗脳する仕組みがあるようだ。

この画像に写っている者たちもまた、自らの意思で黒の菩提樹に加わったのではなく、狗道供界に代わる何者かによって操られている被害者なのかもしれない……。

「これは警備員か」

さらに数枚ほど画像を切り替えると、私服の信徒たちに混じって、戦闘服に身を包みライフルを肩から下げた者の姿も写っている。

「姿勢から見て、訓練を受けた軍人ね」

「やはり反国王派の兵が警備を行っているのか」

画像で確認できるだけでも、三人の兵士が施設の中にいた。

秘密の施設であれば、兵士が頻繁に出入りするのは避けるはず。とすれば、交代要員も含め、かなり多くの兵が敷地内に常駐していると考えるべきだろう。

「少々厄介だな」

なるべく一般の信徒は傷つけず、施設のみを破壊したい——貴虎はそう考えていたが、武装した兵士が配備されているとなると加減をして戦うのは難しい。

さらに兵士がアーマードライダーに変身して挑んでくればなおさらだ。

しかし、ここで躊躇《ちゅうちょ》していては――思案する貴虎。

「そうそう、実はもうひとつ、反国王派に関しての大事な情報があるの」

「大事な情報？」

タブレットから顔を上げる貴虎。

「近々、収監されている先代総師を裁判へかけるため、首都へ移動させるらしいの。反国王派はそれを襲撃して、彼を奪還するつもりよ」

「ということは、アーマードライダーを投入するつもりだな？」

「おそらくね」

重要な作戦だ。黒の菩提樹から戦極ドライバーを入手しているなら、この奪還作戦に投入しないはずがない。

無論、国王派も襲撃に備えて相応の準備はしているだろうが、まさか無敵の鎧をまとった軍団が攻撃してくるとは思っていまい。

「Chance《シャンス》! ラッキーだわ」

いったい何がチャンスなのか……即座に貴虎は凰蓮の言わんとすることを理解する。

反国王派の戦力が貧弱なのは判明している。当然、動かせる兵の数も少ない。とすれば黒の菩提樹のアジトに常駐させている兵士たちも、この襲撃へ投入する可能性は高い。

「確かにアジトの警備は手薄になるだろうが……アーマードライダーを使った襲撃を放置することはできない」

「ええ、もちろん。ワテクシもそう考えていましてよ。だから、アジトへの攻撃を行いつつ、アーマードライダーも倒しちゃいましょう」

「そんなことが可能なのか？」

凰蓮の言葉に驚く貴虎。

別荘に集まった傭兵の人数は二十人を超えていたが、いくら歴戦のベテランぞろいとはいえ、両面作戦を実施するには少なすぎる。

「確かに襲撃を阻止するなら戦力不足だけど、ワテクシたちの目的は、あくまでアーマードライダーの撃滅。上手《うま》くやれば何とかなるわ」

凰蓮はドアの前まで行くと、隣部屋の兵士に向かって声をかける。

「ちょっと誰か、アレを持ってきてちょうだい！」

やがて兵士が運んできたのは大きなアルミ製のケース。

「ＶＫＴのラハティＬ－39よ」

開かれたケースの中には、鉄の塊という印象の巨大な銃器が入っていた。

「大砲だな」

あまりに巨大な外見に貴虎は目を丸くする。

「口径が二十ミリもあるから、そう言ってもいいかもね」

薄っすらと赤錆《あかさ》びた対戦車ライフルの銃身を、凰蓮が撫《な》でる。

「最新の狙撃用スコープを装着できるよう改造済み。骨董品《こっとうひん》だけれど、威力は絶大よ。これなら二キロ離れていても、アーマードライダーをぶっ飛ばせるわ」

卓越した攻撃力と防御力を持つアーマードライダー。特に近接戦闘での強さは驚異的だ。しかし無敵というわけではない。

凰蓮が考えた作戦はこうだ――。

武装グループの秘密基地の場所は既にわかっているから、襲撃隊の後をつけ、彼らがアーマードライダーに変身した瞬間を狙って遠距離から狙撃、これを撃滅する。

「二十ミリのラハティと、十二・七ミリのM82で襲撃前のアーマードライダーを狙撃。一般部隊の反撃を喰《く》らう前に、市内各所に用意した隠れ家へ撤収。あとは万が一撃ち漏らした場合を考えて、追いかけてきたアーマードライダーを誘い込むトラップゾーンを作れば……十分いけると思うわ」

「君がやれると言うのなら信じよう。ただひとつ確認したい」

「あら、何かしら？」

「たとえ狙撃であっても、反国王派がどれほどアーマードライダーを出してくるかわからない状況だ。かなりの人員をそちらへ向かわせる必要があると思うが……」

「ええ、狙撃にはバックアップも必要だし、彼らを守って退路を確保する人間も必要よ。集めた兵員のほぼすべては、アーマードライダーの攻撃へ向かわせます」

「アジトへの攻撃はどうするつもりだ？」

「残った人員が向かうことになるわ」

「残った人員……？」

「アジトの攻撃にはワテクシとメロンの君――あなたと二人だけで向かうんです。必要十分な戦力でしょう？」

凰蓮はそう言うと、獰猛《どうもう》な笑みを浮かべた。

4

先代総師が首都へ護送されてくるのが、約二週間後。

襲撃は当然、その時に行われる。そのスケジュールに合わせ、貴虎たちは攻撃のプランを練り、激しい訓練と戦闘シミュレーションに励んだ。

そして、当日――。

夜明け前、月明かりさえない暗い山中で、傭兵たちは出発の準備を行う。

既に偵察の数名が武装グループの基地と黒の菩提樹のアジトへ張り付き、予定にない動きがあれば、すぐに連絡が来る手筈《てはず》だ。

準備を終えた傭兵たちはトラック三台に分乗、事前に決めた数ヵ所の攻撃ポイントへ移動を開始。

「ワテクシたちも行きましょう」

「ああ」

貴虎と凰蓮は古びた4WD車に乗り、傭兵たちのトラックとは別行動で黒の菩提樹のアジトを目指す。

山中の別荘からアジトのある樹海までは、直線距離で約六十キロほど。

追跡などを受けた時に逃げ場のないハイウェイは使わず下道を行くが、早朝で交通量が少ないこともあり、一時間と少しで目的地へと到着してしまう。

まだ地平に太陽の姿は見えないものの、次第に空は明るくなりつつあった。

「さて、ここからは慎重に……」

4WD車を目立たない場所へ停め、二人は徒歩で樹海へと踏み込む。

貴虎も凰蓮も樹海へは事前に様子を見に来ており、黒の菩提樹のアジト周辺にしか監視カメラが存在しないことは確認済みだった。ギリギリまで自動車で近づいても問題はないはずだが、念には念を入れる。

「戦闘には大胆さが必要だけど、それを発揮するタイミングは慎重に見極めないとダメ」

貴虎は作戦のシミュレーションや訓練中に、凰蓮が繰り返し口にした言葉を思い出す。

樹海を奥へと進むにつれ木々は密生の度合いを増し、暗いこともあって、ほんの数メートル先の見通しすら利かなくなる。

方向感覚を狂わす樹木の海を携帯ＧＰＳを頼りに進んでいくと、やがて小さな丘へと辿《たど》り着く。

平板な地形の中、わずかに周囲から盛り上がった丘。ここは、黒の菩提樹のアジトを見張るのに絶好のポイントなのだ。

「ご苦労様」

「いまのところ、変わった動きはありません」

事前に張り込んでいた偵察員は凰蓮に簡単な報告をすると、市街地へ向かった傭兵たちと合流すべく、その場を去る。

丘の上に繁茂した背の高い雑草の中に身を隠すと、双眼鏡をアジトへ向ける貴虎と凰蓮。

「いいタイミング。ちょうど連中が出発するところだわ」

黒々とした樹海の中に、城砦《じょうさい》のように浮かび上がる黒の菩提樹のアジト。敷地を覆ったパネルの一部が左右へ開き、何台もの軍用車が外へと走り出す。

アジトに常駐していた兵士が、護送車の襲撃に加わるべく出発したのだ。

やがて最後の一台がアジトから出発するとゲートは閉じられ、樹海は再び静寂に包まれる。

視界から軍用車のライトが消えると同時に、貴虎はリュックから黒く塗られた飛行機型のドローンを取り出して組み立て、そっと空へ向かって押し出す。

絡まった梢《こずえ》の間を通り抜け、樹海の空へと舞い上がっていくドローン。

アジトへの攻撃に際して敷地内の配置は絶対に知る必要があったが、相手に気づかれる可能性が高く、この時まで行わなかったのだ。

「来た来た、丸見えよ〜」

ドローンのコントローラーも兼ねたタブレットに、空から撮影したアジトの映像が映し出される。

「入り口近くのプレハブは監視所ね。奥に並んでいるのが宿舎」

「おそらく、このパイプや電線が集中している棟が工場だな。凰蓮、どのプランで攻める?」

「そうねぇ……」

真剣な眼差《まなざ》しで鳥瞰映像《ちょうかんえいぞう》を見つめる凰蓮。

「この配置だと……プランAかCかしら。でも、ワテクシたちの攻撃が察知されてる可能性もあるから……」

指先を口元にあて、しばし思案していた凰蓮だったが、やがて。

「決めた、プランゼロで行きましょう」

「何だそれは？　初耳だぞ」

「プランゼロとはつまり、その場の状況で臨機応変ってことよ」

「…………」

事前に何度も打ち合わせをし、吟味に吟味を重ねた十数通りの攻撃プラン。それを直前にすべて反故《ほご》にしてしまうとは——言葉を失う貴虎。

「あら、ご不満？」

やはり理解しがたい男だ——そう貴虎は思う。

「戦闘は大胆に、けれどそのタイミングは慎重に」という凰蓮の言葉を信じるならば、適当に思えるこの判断も実際は考えに考えた末の決断なのかもしれないが、それにしても……。

しかし、口論している時間はないのだ。ここは凰蓮の判断を信じるしかない。

貴虎はため息をつくと、首を縦に振る。

「わかった、それでいい」

「大丈夫、ワテクシに任せて」

二人は樹木の間を縫うようにして丘を下ると、アジトの監視カメラにとらえられる直前の位置で足を止める。

「ここは正面から行きましょう。侵入に時間をかけては、奇襲の意味がなくなるわ」

「好きにしろ」

二人は開けた場所へ踏み出すと、もはや姿を隠そうとはせず、先ほど軍用車が出発したゲートへと近づく。

アジト各所に設置された無数の監視カメラが一斉に二人へ向けられ、ゲートの上部から、サーチライトが浴びせられる。

「さぁ、パーティーの時間よ！」

貴虎と凰蓮は、まるで監視カメラの向こうにいる人間へ見せつけるように、取り出したそれぞれのロックシードを掲げ、叫ぶ。

「変身‼」

閃光が樹海の闇を切り裂き、二人のアーマードライダーが出現する。

『メロンエナジーアームズ！』

騎士の如きアーマードライダー斬月・真。そして――。

『ドリアンアームズ！』

凰蓮の獰猛な闘争心を表すその姿は、強壮たる現代の剣闘士《グラディエーター》アーマードライダーブラーボ。

「いくわよー‼」

ブラーボが手にするのは無数の棘《とげ》が突き出た、凶悪な外見の双剣ドリノコ。

左右から繰り出すドリノコの斬撃が、金属製のゲートを薄紙の如く引き裂き、吹き飛ばす。

そこからアジト敷地内へと突っ込む、斬月・真とブラーボ。

「さあ、どこからでもかかってらっしゃい！」

剣を構え、油断なく周囲を見回すブラーボ。

だが、彼の予想に反し、アジト内の反応は静かだった。

建物から姿を見せた信徒たちは、慌てる様子もなく、生気のない瞳で二人を見つめている。

「あらん、寝起きかしら？　アンタたち、怪我をしたくないなら武器を捨てて降伏なさい。抵抗しなければ攻撃しないわ」

勢いを削がれ、拍子抜けしてしまうブラーボ。

その時、ブラーボの一番近くにいた信徒が、彼に向かって駆け出す。

「終末の時は、来たれり……」

その手には、鈍く輝くロックシードが……。

「危ない！」

とっさにブラーボを突き飛ばす斬月・真。

次の瞬間、いままでブラーボが立っていた位置で、信徒が爆発する。

「きゃっ⁉」

爆発の衝撃波によろけながら、悲鳴を上げるブラーボ。

「気をつけろ、連中は自爆する！」

「そ、そうだったわね」

黒の菩提樹の信徒。彼らが携えたロックシードは持つ者を洗脳し、さらには人間を爆弾へと変えてしまう。

事前に話は聞いていた凰蓮だったが、こうも簡単に自爆するとは思ってもいなかったのだ。

その一人が引き金であったかのように、他の信徒たちも次々と斬月・真とブラーボへ駆け寄り、自爆する。

「何なのよ、もう！」

ブラーボの背中へ飛びかかろうとする信徒を斬月・真が吹き飛ばす。

「連中が自爆する前に気絶させればいい」

ロックシードを手に駆け寄り、問答無用で自爆する信徒たち。だが、接近してから爆発するまでには、わずかだがタイムラグがあった。

斬月・真は、その一瞬の隙を見逃すことなく、次々と信徒たちを気絶させていく。

「よーし、ワテクシも！」

ロックシードの効果なのだろうか、信徒たちの動きは常人よりも素早い。しかし歴戦の強者である凰蓮の脅威にはならなかった。

「ヤッ！　それッ！　どうッ？」

まるでダンスでもしているかのように、飛びかかってくる信徒たちを淀《よど》みない動作で倒してゆく。

「きりがないぞ。一気に包囲を破って、工場へ向かおう！」

ゾンビのように群がる信徒たちを振り切り、二人のアーマードライダーは事前に確認した工場らしき建物へと向かうと、入り口付近をうろついていた信徒を倒して建物内へと侵入する。

プレハブ造りの粗末な外観とは打って変わり、内部は大企業の研究施設といった雰囲気だ。

奥へと伸びた廊下の両側はガラス張りで、その向こうにはＬＥＤの白い光に照らされた水耕栽培施設が広がっている。

「この植物、もしかして……」

「ヘルヘイムのものだ」

整然と並んだ棚で栽培されている奇妙な植物——それはロックシードとなる果実を実ら

せる、ヘルヘイムの植物に違いない。

「まだこんなに残っていたなんて……」

「世界各地でクラックが開いた時があった。あの時に採取して、それを増やしたのだろう」

建物の半分は、ヘルヘイム植物を栽培するためのエリアになっているようだ。

水耕栽培エリアを貫いて伸びる廊下。その突き当たりのドアは、精密機械工場などでよく見られる、塵《ちり》や埃の侵入を防ぐためのエアシャワー・ルームとなっていた。

「この先は工場エリアらしいな」

エアシャワー・ルームのドアへ歩み寄る斬月・真。

その時、エアシャワー・ルームの手前、壁の一部かと思われた部分が開き、待ち伏せていた四体の黒影が一斉に斬月・真へ襲いかかる。

「！」

予期しない奇襲に、一瞬対応が遅れる斬月・真だったが――すかさずブラーボが、斬月・真と黒影との間へ身を躍らせ、繰り出された槍撃を弾き返す。

「やらせないわよ！」

槍を払われ体勢を崩した黒影たちを、返す刃で斬り捨てようとするブラーボ。だが黒影たちは槍を素早く引き戻すと、即座にブラーボの間合いから後退。

操り人形のような信徒たちとは異なり、きちんと訓練された者の動きだ。

「あら、少しはやるようね？」

「兵士が残っていたようだな」

一定の間合いを空け、周囲を取り囲む四体の黒影。互いの背中を合わせ、それに対峙《たいじ》する斬月・真とブラーボ。

「ウフフ、やっとまともな戦いができそうね」

「ずいぶんと余裕だな」

「だって、ワテクシの背中をあのメロンの君が守ってくれているんですもの。気も大きくなりますわよ」

「まったく、君は……」

「何です？」

「いや、何でもない……来るぞ！」

ダッ！

タイミングを合わせたかのように、同時に黒影たちが動く。

息を揃《そろ》えての一撃、巧みな連係攻撃だ。

かなりアーマードライダーとしての訓練に励んだのであろう。

が、相手が悪かった。

沢芽市を舞台としたアーマードライダー同士による戦い。その中にあって、純粋に戦闘という技能においては屈指の貴虎と凰蓮に、生半可な攻撃など通用するはずもない。

「はっ‼」

斬月・真のソニックアローが唸《うな》り、

「やあッ‼」

ブラーボのドリノコが火花を散らす。

数に勝る黒影たちだったが、彼らが優勢であったのは、ほんの数秒——気づけば四体全員が床へ叩き伏せられていた。

「歯応えのない連中ね」

斬月・真もブラーボも、わずかな呼吸の乱れすらない。

「さ、増援が来ない、いまのうちに」

電源が切られたエアシャワー・ルームの向こうには、ベルトコンベヤーが据えられた、何十列もの製造ラインが並んでいた。

しばらく使われていないらしく、コンベヤーや作業台には、薄っすらと埃が積もっている。

「本格的な製造工場ね。ここでどれだけドライバーやロックシードを作っていたのかしら？」

凰蓮はそう呟いてから、ハッとした様子で斬月・真を見る。

「まずいわ、もし想定していた以上の戦極ドライバーが渡されていたら、攻撃に向かった仲間たちが……」

「いや、大丈夫だろう」

製造ラインの片隅に置かれていたノートを捲《めく》りながら、斬月・真が言った。

「この、歩留まり表を見るに、作っていたほとんどがロックシードで、戦極ドライバーはわずかだ」

「ふう、安心したわ」

ほっと胸を撫で下ろすブラーボだったが、示されたノートに書かれた数字に驚きの声を上げる。

「それ、ロックシードの製造数よね？　一、十、百……一万個⁉」

「ここに書かれているのはひと月分だけだ。総計は……約十万」

「そんなに⁉」

プロジェクト・アーク実現のために設計された戦極ドライバーは、それを装着した者にヘルヘイムの果実をロックシードへ変化させる能力を与える。この工場は、それをより効率的、大規模に行うための施設であった。

ユグドラシルの計画では、十億もの戦極ドライバーを生産しようとしていた。貴虎にとって十万という数字はそれほど驚くものでもなかったが、こんな辺境の施設でここまで大規模な生産が行われていたのは意外だった。

「そんな数のロックシード、いったいどこへ隠したのかしら?」

工場の奥には、完成したロックシードを仮置きするスペースもあったが、そこにはフォークリフト用のパレットと段ボール箱が幾つか転がっているだけで、肝心のロックシードは影も形もない。

「既にどこかへ出荷した……そう考えるべきだろうな」

変身を解いた貴虎は、無言で工場の一角へと向かった。

広いフロアの中、唯一パーテーションによって周囲から区切られたエリア。

パーテーションの中には事務机が並び、デスクトップ型のパソコンとディスプレイが置かれている。

貴虎はパソコンの一台を起動させるが、明るくなったディスプレイにはパスワードの入力を促すメッセージが浮かび、それ以上の操作は拒まれてしまう。

「パスワードね。ちょっと待って……」

凰蓮は、懐からＵＳＢメモリを取り出すと、パスワード入力を促すパソコンのポートへと差し込む。

「それは?」

「こんなこともあろうかと、諜報担当《ちょうほうたんとう》に作らせておきましたの。簡単なセキュリティなら、自動的に突破してくれるはず……ほら、来た！」

凰蓮の言葉通り、見る間にパスワード入力画面がクリアされ、アイコンがズラリと並んだ基本画面に切り替わる。

「ロックシードの発送先に関するデータが、この中にあるはずだ」

手当たり次第に並んだフォルダを開き、内容を確認する貴虎。

けれどサーバー上に収められたデータは膨大で、なおかつファイル名が現地語で書かれていたため、なかなか検索が進まない。

いたずらに時間を費やすうち、貴虎の背後で周囲を見張っていた凰蓮が、異変に気づき声を上げる。

「臭い……煙のにおいだわ」

見れば、エアシャワー・ルームから大量の煙が工場内へと侵入している。

「火事よ！　誰かが工場に火を放ったんだわ！」

けれど貴虎は、ディスプレイを凝視したまま動こうとしない。見つめる画面には、複雑な機械装置の図面が映っている。

「どうしたの？　この図面は何？」

「セイヴァーシステムと書いてあるが……間違いない、これはスカラーシステムと同じ物だ」

「何ですって⁉」

後から教えられただけだが、凰蓮もその名は知っていた。

スカラーシステムとは、沢芽市のユグドラシル本社ビルに設置されていた、恐るべき大《たい》量殺戮兵器《りょうさつりくへいき》の名称だ。

何故それと同じものの設計図が、黒の菩提樹の施設に保管されているのか？

予期していなかった、忌まわしい過去との再会に、胸が焦げ付くような思いに囚《とら》われてしまう貴虎。

「メロンの君！」

そんな彼を、凰蓮の声が現実へ引き戻した。

「建物に火が回ってしまうわ。早くここから脱出しましょう！」

樹海から黒々とした煙が、早朝の空へと立ち昇る。

黒の菩提樹の工場から吹き出した炎は、次々と周囲の建物へと燃え移り、いまやアジト全体が火の海だ。

襲撃時に偵察を行った丘の上で、貴虎はじっとその様子を見つめている。

傍らの凰蓮が持った無線機からは、反国王派のアーマードライダーを撃退したという傭兵たちからの報告が漏れ聞こえた。

「さて、これで任務は無事完了ね」

「いや、ここから運び出されたロックシードの行方を追わなければならない。それにあの設計図……」

「セイヴァーシステムとかいうヤツね？」

「連中は、あれをどこかで作っているのかもしれない」

「帰ったら手に入れたデータを、解析してみましょう」

樹海の外へ向かって歩き出す凰蓮。その後に貴虎も続こうとした——その時。


「——止まっていた終末が、ようやく動き出す。救済の時は近い」


ふいに背後から響いた声に驚き、慌てて振り返る貴虎。

「誰だ⁉」

だがそこに、人の姿はない——。

「Qu'est-ce qu'il ya?《ケスキリヤ》　どうかして？」

「いま……声が聞こえなかったか？」

「え?」

「いや、何でもない……」

空耳にしては、あまりに明瞭であった。

そしてその声に、貴虎は聞き覚えがあった。

かつて戦極凌馬と共に、この世から消し去ったはずの男。

黒の菩提樹の指導者——狗道供界の声に、それは酷く似ていた。

幕間

まずは、色彩が。

あらゆる色彩が、彼を呑《の》み込んだ。

そして、あらゆる感覚が。音が。においが。皮膚感覚。内臓感覚——否、すべて。あらゆるすべてが押し寄せてくる。

あらゆる、すべてがない交ぜとなって混沌《こんとん》としたまま、嵐のように彼を打ちのめす。

それは永遠に等しい時間であり——だが一瞬、刹那でもあった。

無限の極彩色が、やがて形を得る。最初は色彩の爆発に過ぎなかったそれは、無数の光景であることを彼は知る。

その理解と共に、感覚の洪水が意味を得る。彼はすべてを悟る。

いま、彼が目にしているものは——感じ取っているものは『世界』だ。あらゆる時間の、あらゆる空間が、彼の前に広がっているのだ。

歓喜が、法悦が、彼を包み込む。この瞬間、彼は全知に近い存在だった。肉の器を失い、精神は飛翔《ひしょう》して、彼は人間を超える。

再び爆裂する色彩。荒れ狂う感覚。そして、静寂。


気づけば、合戦の風景だった。

武者の如《ごと》き姿をした者たちが戦っている。その腰にある装置を、彼は知っていた。戦極ドライバー。とある若き天才が開発したシステム。彼がこうなってしまった原因。ならばあの武者の如き姿が、構想にあったアーマードライダーだろうか。

しかしそれだけではない。仮面と鎧《よろい》をまとい、戦う者は他にもいる。その腰にも戦極ドライバーに似た装置があるが、それらは彼の知らないシステムだった。

「武神《ブジン》の世界――とでも呼ぶべきかな」

突然の声に、彼は驚き振り返る。いつの間にか、そこには奇妙な男が立っていた。

「可能性と可能性が交差する時、時折このような世界が生まれることもある。まあ、幻みたいなもんだ」

親しげに語りかける男。だが人間を超えた彼の感覚は、男から異形の気配をとらえていた。

この男は人間ではない。いや、そもそも生命であるかさえ。もっと超常的な存在、概念。神か、悪魔か、それとも。

「……あなたは何者だ？」

「さて、ここで名を問われても意味がない。俺は俺としか言いようがない。強いていえば……以前は『蛇』と呼ばれていたことがある」

一瞬、男の姿が蛇の如きものになった……ように感じた。人間を惑わし、果実を与える楽園の蛇。

しかしその認識も正しくはないだろう。この男の正体は人智《じんち》の及ばぬ何かだ。おそらく人間がこの男を完全に理解できることはない。人間を超えた彼であったとしても。

「俺のことはどうでもいい。重要なのはそこじゃない。重要なのは……いま、お前が俺の前にいるってことだ。狗道供界」

「何故私の名前を……」

彼──供界の疑問に、男は答えない。男は供界の腰の辺りを指差して。

「お前が戦極ドライバーの起動実験に用いたヘルヘイムの力……ロックシードといったか？　それは黄金の果実を擬似的に再現する、戦極凌馬のアプローチだ。結果、お前は人間としては死んだが、その存在は『始まりの女』のように、より高位の次元に至った。面白いな。お前はさしずめ、人類にとってのコウガネといったところか」

「……コウガネ？」

男の話を供界は理解できない。ただひとつ悟った。蛇を名乗るこの男は、自分を導こうとしていると。

「お前はオーバーロードにも等しい力を手に入れた。お前はその力、どう使う？」

「私は……」

「お前が進化の果てを目指すというのなら、俺はお前にも可能性を示そう。さあ受け取れ。武神と創世《ゲネシス》の力を」

言って差し出す男の手には、戦極ドライバーの拡張用と思わしき装置と、血の色の果実《ブラッドオレンジ》を模した錠前が握られていた。

差し伸ばされた手を――蛇の誘惑を――彼、狗道供界は……。

「……そうだ。俺はいつでもお前たちを見守っているぜ」

蛇が、笑う。

第二章

1

ヘルヘイムの侵食。メガヘクスの侵略。

繰り返し襲った災厄を乗り越え、沢芽市の復興は徐々に進み、街行く人々にもようやく笑顔が戻りつつある——そのはずだった。

だが再びこの街に、不穏な空気が満ちようとしていた。

「やめて！　やめてくださいッ！」

沢芽市の中心部。

人通りで賑《にぎ》わう週末の繁華街に、ふいに女性の悲鳴が響いた。

彼女の連れと思《おぼ》しきスーツ姿の男性が、二人の男に囲まれ、激しい暴行を受けている。

男たちの格好は、いわゆるストリートギャングのそれだ。

「おい、どうした？　もう降参かよ⁉」

「この街で俺たちにケンカを売ったらどうなるか、たっぷりと思い知らせてやるぜ！　オラッ、立て‼」

きっかけは、連れの女性をからかった男たちに男性が文句をつけたことだったが、既に男性に抵抗する意志はなく、男たちのなすがままになっている。

「誰かッ、誰か助けてください！」

目の前で男性へ振るわれる暴力に為す術《すべ》もない女性は、必死に周囲の通行人に救いを求めるが……皆、巻き込まれるのを恐れ、立ち止まろうとはしない。

「うるせぇ、キーキーわめいてんじゃねぇよ！」

必死に叫ぶ女性の腕を、男の一人が乱暴に摑《つか》む。

「嫌ッ、触らないでっ！」

「黙れって言ってんだよッ!!」

「きゃあッ！」

繁華街のど真ん中、大勢の人に見られているにもかかわらず、ギャングたちの凶行は続く。

それは平和を取り戻したはずのこの街にあって、異様な光景だった。

「君たち、何をしているんだ!?」

見かねた通行人が通報したのだろう、近くの交番から駆けつけた警官が二名、雑踏を掻《か》き分けてやって来た。

普通なら、これで場は収まるはずであった。

しかし、近づく警官たちを見ても男たちは逃げようとせず、暴行を続ける。

「おい、やめろと言っているんだッ!!」

「あぁッ、邪魔すんな!!」

男たちは警官の制止を聞かないばかりか、逆に警官に殴りかかる。

「貴様ッ!」

反抗を受けた警官たちはベルトのケースから警棒を取り出し、それを相手へ振り下ろす。

彼らの使う伸縮式の特殊警棒は、あくまで護身用として作られたものだが、素手の暴漢を怯《ひる》ませるには十分な威力を持っている。

けれど男たちは警棒で殴られても、まるで痛みなど感じていない様子で、警官に向かって拳を振るい続けた。

「こいつら……!?」

繁華街の交番勤務ということもあり、警官たちも揉《も》め事に慣れた腕自慢であった。

これまで何度もギャングや酔っ払いたちを取り押さえた経験があったが、今日の相手は様子が違っていた。

過剰に攻撃的で、殴られても、まるでその痛みを感じていない様子……。

それは、ある種の麻薬を服用している状態に似ており、とすれば非常に危険な相手と言わざるを得ない。

やがて警官たちも、男たちから一方的に殴られる状況に追い込まれてしまう。

「こいつら、ぶっ殺そうぜ！」

「面白ぇ、やっちまうか！」

男たちの瞳が、狂気の色を宿す。

命の危険を感じた警官たちは、ホルスターから拳銃を抜くと男たちへ向けた。

「う、動くな……！」

危機感からの反射的な行動だったが、あくまで警告のつもりで実際に撃つつもりはなかった。だが。

「お、ピストルかよ」

「どうした、撃ってみろよ！」

拳銃を向けられても、男たちは怯んだ様子を一切見せなかった。

なおも狂気に濁った目を警官たちに向けて、口からは涎《よだれ》を垂らし、にじり寄ってくる。

「ヒィッ……！」

恐怖心に負けた警官のひとりが思わず引き金をひいた。

繁華街に銃声が響き、野次馬たちの間から悲鳴が上がる。

リボルバーの銃弾は摑みかかろうとしていた男の肩へ命中。傷口からの出血がシャツを赤く染めている。

男は着弾の衝撃に一瞬よろめいたものの、肩からの出血も気にしない様子で、不気味な笑い声を漏らす。

「ククク……効かねぇよ。全然痛くねぇ」

そして奇妙なマスコットを取り出すと、それを警官たちへ示す。

「コイツを持ってりゃあ、俺は無敵なんだよ！」

男の手に握られたそれは、かつて沢芽市の若者の間に広まったアイテム、ロックシードに違いなかった。

「俺たちは、これで最強になったんだ。絶対に死なねぇ」

「こいつら、狂ってる……！」

もはや為す術のない警官たちは、後ずさりするばかりだった。

だがその時、どこからともなく飛んできたパチンコの玉が、男が手にしていたロックシードを弾き飛ばす。

「何だァッ⁉」

「よっしゃ！　いまだ、ザック！」

声は野次馬たちの向こう、赤と黒のコートをまとい、スリングショットを構えた青年のものだった。

男がそちらに気を取られている間に、別の何者かがギャングの前に躍り出る。

「でかしたペコ！」

スリングショットを構えた青年同様、赤と黒のコートをまとった、精悍《せいかん》な顔つきの青年だ。

沢芽市の住人なら知っている者も多いだろう。彼らの着ているコートこそ、この沢芽市で注目を集めたダンスチーム『バロン』のコスチュームだ。

ザックと呼ばれた青年は、すかさずロックシードを手放した方の男に殴りかかる。

銃撃にも怯まなかったはずの男が、その一撃であっさり意識を失い、その場にくずおれた。

「ザックだと⁉　まさかテメェ、あのネオ・バロンを潰した……！」

動揺するもうひとりの男を、ザックは正面から睨《にら》み返して、拳を突きつける。

「かかってこい。俺たちの街で好き勝手はやらせねえぜ」

「調子のってんじゃねえぞ、オラ！」

殴りかかってくる男の一撃を巧みに避けて、鋭いパンチを次々と叩《たた》き込むザック。しかし。

「あぁん？　いま何かやったか？」

「チッ……やっぱり効かねぇか」

先ほど同様、男は痛みを感じた様子もなく襲いかかってくる。

単純な腕っ節はザックの方が上だったが、痛みも疲れも知らない男に、少しずつ劣勢に追い込まれていった。

「ザック!」

 仲間の青年──ペコが、ザックを支援するためにパチンコを撃つが、やはり効き目はない。

　ギャングの男は勝ち誇るように高らかに笑った。

「ヒャーハハッ！　このロックシードがあれば、俺は絶対負けねえんだよ！」

「ふぅん……それってこれのこと？」

「!?」

　男の真後ろに、いつの間にか線の細い青年が立っていた。ギャングの男とは対照的に、如何《いか》にも上品な家庭で育った雰囲気の青年。どう見ても争い事には向かないタイプだが……しかしその表情は鋭く、抜け目のない印象を感じさせた。

　青年は手にしたものを――赤いロックシードを、ギャングの男に見せつけるように掲げた。

　それを見た男は慌てて、服のポケットを探り……あるはずのものがないことに気づく。

「てめぇ、いつの間に……!?」

　その言葉を言い終えることなく、男はすかさず殴りかかってきたザックの一撃によって意識を失った。

「助かったぜ、ミッチ」

ザックが礼を言いながら、線の細い青年――呉島光実の元に近寄った。

当の光実は手にしたロックシードを厳しい表情で見つめている。

「やっぱりこのロックシードだ。兄さんから聞いていたものと同じだよ」

「……ザクロロックシードか」

ギャングたちが持っていたのは赤いロックシード――かつて黒の菩提樹が製造していたザクロロックシードだった。それが何故《なぜ》、いまになってストリートギャングたちの間に出回っているのか……。

「こいつらをとっちめて話を聞きたいところだが……時間がないな」

遠くからパトカーのサイレンが聞こえてくる。通報を聞きつけ、増援の警官隊が駆けつけたのだろう。

「捕まると面倒だね、早く行こう」

そう言って、ザックと、そして駆けつけたペコを促す光実。

しかしペコは何やら落ち着かない様子で、光実の表情を窺《うかが》っていた。

「……ペコ?」

怪訝《けげん》そうな顔をする光実に、やがてペコは意を決したように告げた。

「ミッチ……その……ありがと、な」

ペコの精一杯の言葉に、光実は嬉《うれ》しそうに微笑む。

2

沢芽市を襲った災厄の痕跡は、街のあちこちに廃墟《はいきょ》や残骸という形で残されていた。

復興は急速に進んでいるものの、それでもまだまだ追いついていないのが実情だった。

それらの廃墟は不穏な者たちの温床になることが多く、最近市内を騒がせているストリートギャングも、そういった場所に集まった者たちが大本だ。

当初は大きめの不良グループ程度の存在であったギャングたちだが、ある時期を境に急激に組織化、凶悪化が進み、暴力団にも匹敵する規模を持つ危険な集団となっている。以前、幅を利かせていたネオ・バロンも、そういったストリートギャングの一勢力と見なして間違いはないだろう。

最近はさらにその凶悪さが過激になり、治安の悪い夜の歓楽街や廃墟地区以外の場所にも出没し、一般市民に対して被害を与えるような事件が増えていた。

一部の者たちからブラックホーク・ストリートと呼ばれている裏路地。

以前は、その怪しげな雰囲気に引かれ、それなりに賑わっていた飲み屋街だ。

市内にインベスが溢《あふ》れた際、原因不明の出火により大半の店舗が燃えてしまい、再建されぬままに放置されている。

焼け残った廃屋には家を持たない者や、社会から距離をおきたい者たちが住み着いて治安が悪化、いまでは一般人が近寄りがたい場所となっていた。

そんなブラックホーク・ストリートの突き当たり。閉鎖されたプールバーの店内から灯りが漏れ、粗野な笑い声が響いている。

入り口には『スウィートウォーター』という壊れたネオン看板。

古いレンガ造りの倉庫を改造して作られた店内には、ここを根城としているストリートギャングの一団がたむろし、酒を飲んでいた。

自らを『ナイト・ウォーロックス』と称する無法者たち。

現在、沢芽市で暴れているストリートギャングたちの中で、一、二を争う規模を誇る集団だ。

多くのギャンググループが乱立し、それぞれが覇権を競う。それはかつてのビートライダーズを彷彿《ほうふつ》とさせたが、目指している方向は正反対だった。

バーの一番奥には、彫刻が施された豪華な造りのソファが置かれている。それに腰掛け、寄り添う女に酒を注がせている、サングラスをかけた男。

仲間から『キング』と呼ばれている、NW《ナイト・ウォーロックス》のリーダーである。

キングの傍らには、屈強な体格をした男が一人、周囲へ睨みを利かせていた。

「おい、もっとこっちへ来い！」

「は、はい……」

キングの前に、一人の若いギャングが歩み出る。

まだNWへ加わったばかりの新入りだ。彼にとっては雲の上の人であるキングに呼び出され、酷く緊張している。

「お前、名前は？」

「ケンジ、です」

「ケンジか。インフェルノとのケンカでは、ずいぶん活躍したみてぇだな？」

インフェルノはNWと同じストリートギャングで、ことあるごとに小競り合いを繰り広げていた。

今日も、些細《ささい》ないざこざからメンバー同士の乱闘となったが、ケンジの機転で、撃退に成功したのだ。

「よくやった。お前にはガッツがある」

「いや、俺なんて……」

「謙遜するな。NWでは強いヤツが正義だ。強さこそ賞賛される。どうだ、もっと強くなりたくはねぇか？」

「はい、なりたいです！」

「いい返事だ。おい、クイーン」

キングの隣に座っていた女は、足元に置かれていたトランクケースを膝の上へ置くと、それを開く。

ケースの中には、緩衝用ウレタンに埋まるようにして、錠前のような形をした装置が並んでいる。ザクロロックシードだ。

「俺が戦士と認めたお前に、これをやろう」

キングはケースからロックシードを取り出すと、もったいつけた動作でケンジへと手渡す。

「こいつのパワーが、お前を無敵のギャングスターにする。肌身離さず持ち歩け。いいな」

「感謝します！」

ケンジは感動した様子で何度も頭を下げると、キングの前から去っていった。

キングはトランクケースへと視線を戻す。

ケースの中に残されたロックシードは、残り二個。

「そろそろ補充しねぇとな」

キングは気分が良かった。

こいつを仲間に持たせるようになってから、良いことばかりだ。

ただ持っているだけで恐怖心が消え、どんなことがあっても絶対に負けないような気分にしてくれる。実際、普段より力が出るし、動きも速くなる。

おかげでNWは、この街で一番のギャングにのしあがることができた。

最近は他のグループにも出回っているようで面白くないが、それでも自分たちの方が遥《はる》かに優勢だ。

――このままいけば、俺は本当にこの街のキングになれるかもしれねぇ。

満足気にグラスを傾けるキング。

「ん……？」

店の入り口の方が騒がしかった。メンバーの誰かが、酔ってケンカでも始めたのだろうか――？

「おい、待て、この野郎!!」

見知らぬ二人組がメンバーの制止を振り切って、キングたちのいる店の奥へと駆け込んできた。

他のギャンググループの殴りこみかと思い、一瞬緊張するキングだったが――やって来た二人を見て、気が抜けてしまう。

コートの野郎はともかく、もう一人はいいところのお坊ちゃんといった風体のガキ……どう見てもギャングではない。

コートの男が、キングのトランクケースを目ざとく見つけ、隣の青年に告げる。

「どうやらビンゴのようだな、ミッチ」

「あのロックシードはかなりの数が出回っているみたいだからね。この規模のグループなら無関係であるはずがないよ」

凶暴なギャングに囲まれながら、二人――光実とザックは動じた様子を見せない。

むしろキングに対して鋭い視線を投げかけ、告げる。

「お前がNWのリーダーか？」

「だったら何だ、坊や？」

「お前たちが持っているロックシードを渡してもらう」

光実から出たロックシードという単語に驚くキングだったが、それを顔には出さなかった。

「知らねぇなあ。いったい何のことだ？」

トランクケースがあるにもかかわらず、堂々としらばくれるキング。

口元には嫌らしい笑みが浮かんでおり、二人をからかっているのは明らかだった。

「あれはお前らのような連中が、持っててていいもんじゃねえよ。痛い目に遭いたくなかったら、大人しく渡しな」

「いま何て言った？　痛い目だと？　ギャハハッ！」

予想もしなかったザックの言葉に、キングはついに大声で笑い出す。

皆から恐れられているNWのボスである自分に「痛い目に遭いたくなければ」だと？　ずいぶんとなめられたものだ。

「おい、こいつらぶっ殺せ！」

キングの一言で、殺気だったギャングたちが一斉に二人へと詰め寄る。

「ミッチ、やるか？」

「ああ、こうなったら仕方ないよ」

光実とザックに殺到するギャングたち。しかしその後に繰り広げられた光景に、にやついていたキングの表情がみるみる硬くなる。

たった二人を相手に、部下たちが次々とのされていくのだ。

当然である。二人はかつて、文字通り強大な敵と、命を賭けた死闘の数々を経験している。

大量のインベスやオーバーロード、そして……アーマードライダー同士の殺し合いさえ。

それらの戦いはいまもなお、鮮やかな記憶と共に、二人の身体の芯にまで刻み込まれている。深い傷と後悔もまた。

なればこそ、所詮は暴れているだけのギャングとは場数が違う。覚悟が違う。たとえ多勢に無勢でも後れを取る道理はなかった。

「さあ、ロックシードを渡すんだ」

「ちっ……ジャック！」

それまでキングの横で彼を守っていた男が、光実たちの前に立ち塞がる。

「やめとけよ、怪我するぜ」

挑発するザックに、ジャックは拳を前へと突き出す。そこには、ザクロロックシードが握られている。

「チッ、面倒だな。ロックシード持ちかよ」

「ザック、気をつけて。こいつら……」

「わかってる、自爆するかもしれないんだろ？」

そうなる前に、何とかロックシードを奪いたいところだが——思案する光実。

ザクロロックシードの危険性について、光実は海外にいる貴虎からの連絡で知っていた。

ただ黒の菩提樹の信徒たちは思考を奪われ、操り人形と化していたが、いまのところギャングたちにその兆候はない。

「があっ!!」

獣じみた叫び声を上げ、ジャックが光実へ向かって飛びかかる。

それまでのギャングたちとは違う、人間離れしたダッシュ力だ。

「しまった!」

ジャックのタックルを転がりながらも間一髪でかわす光実。勢いの止まらないジャックはそのまま酒瓶の並んだカウンターへと突っ込んだ。

「大丈夫か、ミッチ!?」

「うん、平気。だけど……」

ジャックのタックルにより、分厚い木製のカウンターは裂け、砕けた酒瓶は、ガラスの破片となって周囲へ飛び散る。

カウンターの残骸から立ち上がるジャック。その身体中のいたるところから血を流し、左腕は関節ではないところで曲がっていた。

「マジかよ……」

「おそらくロックシードでトランス状態になっているんだ」

ザクロロックシードによって恐怖や痛みを感じないということは、肉体の限界を超えた力を発揮できるということだ。拳が砕けようが、腕が折れようが構わず、全力を注ぎ込むことができる。

ストリートギャングからすれば、無敵の兵隊が手に入るのだ。こんな便利な代物に手を出さない道理はない。だが力の代償は間違いなく破滅だ。

こんな危険なロックシードを野放しにすることはできない。二人は決意を新たにする。

「ウルゥアアア！」

再び飛びかかってくるジャックの一撃をかわす二人。

すれ違いざまにザックがパンチをお見舞いするが、やはりジャックは気にもとめない。

「このぉ野郎ぉがッ‼」

ジャックは信じられないほどの力で壁に取り付けられていた真鍮製《しんちゅうせい》の手すりをもぎ取ると、凄まじい勢いでザック目がけて振り下ろす。

ザックはその一撃をギリギリまで引きつけてから、かわし——そのままジャックの背後に回り込んだ。そして右腕をジャックの首筋へ絡み付けると、そのままぐいっと締め上げる。

「ぐッ……⁉」

たとえ痛みを感じなくなっていても、脳への血流が止まってしまえば、意識を保つことはできない。

ほんの数秒で白目を剝《む》き、その場へ崩れ落ちてしまうジャック。

「ミッチ！　ロックシードを！」

ジャックが落としたロックシードを拾い上げ、再びキングに迫ろうとする二人。

しかしジャックとの乱闘中に逃げ出したのか、既にキングとクイーンの姿は店内になかった。

「クソ、逃がしたか！」

「無駄だよ」

後を追うため駆け出そうとするザックを制止する光実。

「この辺りは複雑に入り組んでいる。土地勘のない僕たちが追いつけるとは思えないよ」

「チッ……ようやく尻尾《しっぽ》を摑んだと思ったんだけどな」

「とにかく一度ガレージに戻ろう。今後どうするか、話し合おう」

ザクロロックシードの鈍い光沢を見つめながら、光実は言った。

3

チーム鎧武の活動拠点だったガレージ。

チーム同士の対立がなくなってからは、他のチームの面々も顔を出すようになっていた。

最近はメンバー全員が集まることも少なくなってきたが、それでもたくさんの思い出が詰まった、大切な場所である。

しかしこの数週間はチャッキー、リカ、ラットら鎧武メンバーだけでなく、ザックなど他のビートライダーズも頻繁に訪れている。

無論、それはダンスを行うためでも、昔を懐かしむためでもない。

再び不穏な空気に覆われつつある沢芽市を何とかするために、みんなが集まったのだ。

「ミッチ、ザック、お疲れさま！　……どうだった？」

ガレージへ戻ってきた光実とザックに、チャッキーが明るく声をかける。

時計の針は既に零時を回っていたが、ガレージの中にはチャッキーとラット、そしてチームバロンのペコの姿があった。

チャッキーの言葉に光実とザックは無言で首を横に振ると、床のベンチへと腰を下ろす。

「今日こそNWのヘッドを捕まえられると思ったんだがな……」

そう言ってため息をつくザック。

急速にギャングたちの間に広まりつつある、ザクロロックシード。その背後には黒の菩提樹の存在があるのだ。

回収したデータを解析した貴虎は、製造されたロックシードが、世界中に流出していることを突き止めた。中でも沢芽市には大量のロックシードが送られている。

その事実を貴虎から知らされた光実は、海外で戦い続ける兄に代わって沢芽市で行動している。

光実とビートライダーズの面々は、市内のどこかに存在するはずの黒の菩提樹のアジトを探し続けているのだが……数週間を費やしても、いまだその手がかりを摑めずにいた。

「みんなの方はどうだった？」

光実の質問に、ばつが悪そうに頭をかくチャッキー。

「今日はインフェルノのメンバーの後をつけてみたんだけど、ずっと繁華街をうろついてただけで……」

「こっちも、特には……」

ラットやリカも首を横に振るばかりだ。

「……収穫ゼロか」

そう呟《つぶや》くザックに、ペコが疑問を投げかける。

「でもさ、黒の菩提樹のアジトって、本当に沢芽市にあるのかな？」

「これだけ大量のロックシードを取り扱うには市内に大規模の拠点が必要になるはずだ。兄さんから送られたデータが正しければ、必ずアジトがどこかにあるはず……」

答えたのは光実だが、語りながら自分の考えをまとめているようにも見えた。

「じゃあ、セイヴァーシステムってやつも市内に？」

「おそらくね」

ラットからの質問に、光実は頷《うなず》く。

セイヴァーシステム――ユグドラシルがプロジェクト・アークの一環として作ったスカラーシステムをコピーした大量破壊兵器だ。

「シュラの件もある。沢芽市のどこかで作られているのは間違いないはずだ」

ネオ・バロンとの戦いを思い出しながら、ザックが答える。

シュラ――ネオ・バロンのリーダーで、非合法な地下格闘技イベントを主催していた男である。シュラはセイヴァーシステムを使って、沢芽市から不要な人間を消し去ろうとしていたのだ。

「でもさ、ミッチ。黒の菩提樹の目的って、そのシステムを作ることなんだろ？　何でギャングにロックシードをばら撒《ま》いてるんだ？」

「ザクロロックシードは、所持者の自由意志を奪う洗脳装置なんだ。ギャングたちはそのことを知らない。せいぜい強くなれる便利な道具くらいに考えてるだろうね。つまり黒の菩提樹は労せず大量の兵隊を配置することができるんだ……いざとなれば自爆させることもできる」

光実の説明を聞いたラットは、まだ納得がいかないらしく、

「そこまではわかったけど……結局、黒の菩提樹は何がしたいんだ？　沢芽市の人間を殺して、何のメリットがあるんだよ？」

「それは僕にもわからない。相手はカルト集団だからね、僕たちが納得できる理由なんてないのかもしれない」

そう説明しつつも光実は「本当にそうだろうか？」とも考える。

黒の菩提樹の指導者であった狗道供界は、光実がユグドラシルの資料を調べた限りでは、極めて優秀な研究者だった。

彼の不幸は、戦極凌馬という天才が同じ研究所にいたことだろう。

ロックシードの起動実験で死んだはずの供界が何故か甦《よみがえ》り、黒の菩提樹という集団を設立する——奇妙な話だ。おそらくは兄の言う通り、別の指導者がいるに違いない——光実もそう考えていた。

ただ、資料に目を通していて唯一気になったのが、戦極凌馬の書いた報告書であった。

通常、凌馬は報告書には曖昧な表現を一切使わない男だった。

しかし何故か供界と黒の菩提樹の一件に関しては、酷く曖昧な表現に終始しているのだ。

「確かなのは……」

不毛な何度目かの問答を断ち切るように、光実は言った。

「このまま黒の菩提樹を放置してたら、沢芽市がまた大変なことになるってことだよ。そしてその時は着実に迫っている……」

その言葉に、押し黙ってしまうメンバー。

大きな災厄がまたしても沢芽市を襲う。それを食い止めるために残された時間はどれくらいなのだろうか？

「せめてミッチのお兄さんがいてくれたらなあ……」

「兄さんも海外で奔走しているんだ。僕たちで何とかするしかない」

「くそ……！」

苦悩に顔を歪《ゆが》ませたザックが、そのままガレージから外へ出てしまう。

「何だよ、アイツ……俺、何かマズイこと言った？」

「ちょっと様子を見てくるよ」

戸惑うペコを気遣いつつ、ザックを追う光実。

程なくして近くの公園で、ひとり佇《たたず》むザックの姿を見つけた。

近寄る光実にザックは弱々しい声で呟く。

「……情けないんだ」

「僕だってそうさ」

ザックの弱音に、ただ頷く光実。ザックの思いが、光実には痛いほど伝わっていた。

「戒斗や紘汰に託されたこの街がこんなことになっているのに、俺はただ何もできずに見てるだけで……」

「そんなことはないよ。ザックはちゃんと戦っている」

「……ミッチ？」

「……僕はみんなに酷いことをしてしまった。どんなに償っても償いきれない。でもだからこそ、どんなことがあっても諦めちゃいけないんだ」

光実の言葉はザックに向けたものというよりは、自分に言い聞かせるための独白だった。しかしザックにもまた、光実の思いは伝わっている。

「そうだな。あの二人の代わりになるには力不足かもしれないが……やるしかないよな。すまない、格好悪いところ見せちまった」

ようやく二人の顔に微笑みが浮かぶ。

肩を並べ、ガレージへ向かって歩き出す二人だったが——前方の暗がりに違和感を覚え、足を止める。

暗がりの中に、まるで光実たちを待ち構えていたかのように、ひっそりと佇む男の姿があった。

「……！」

暗い色のスーツをまとった痩身の男。その異様な気配に二人は気おされた。

「私の理想を妨げてはいけない。呉島光実」

男の静かな声は、しかし地の底から響くような冷たさがあった。

「……誰だ？」

厳しい口調で問う光実、しかし彼はその男の顔を知っていた。

ユグドラシルの資料で見たものと同じ顔。しかしそんなはずがない。何故ならこの男は
……。

「私は、狗道供界」

「狗道供界は死んだはずだ！」

「その通りだ。私は既に死んでいる」

「ふざけるなっ！」

男に殴りかかるザック。しかしザックの拳は空を切った。

確かに目の前にいたはずの男が、消えてしまったのだ。

「消えた……⁉」

何が何だかわからず、光実の方を振り返るザック。

光実もまた、我が目を疑う。

「葛葉紘汰は世界を救えなかった」

背後から聞こえる声に驚き、振り返る光実。

触れられるほどの間近に、男は立っていた。

「いつの間に⁉」

慌てて飛び退く光実。あまたの死地をくぐり抜けてきた、戦士としての直感が危険を訴えていた。

戦極ドライバーを取り出し、身構える光実。

「……紘汰さんのことを知ってるのか？」

「黄金の果実を手にしながら、葛葉紘汰は人類を見捨て、この世界を去った」

「何だと！」

再び殴りかかろうとするザック。しかし男の姿はそこにはない。

まるで闇に溶けるように、消えてしまったのだ。

暗がりの中に、男の声だけが響き渡る。

「私のもたらす救済を受け入れよ。ヘルヘイムが去ったいま、私だけが人類を救えるのだ」

何度見回しても、周囲には誰もいない。

最初から誰もいなかったかのように。

「ミッチ、いまのはいったい……⁉」

「わからない……」

光実は、そう答えるので精一杯だった。

日を追うごとにギャングたちは勢力を拡大させ、凶悪さを増していった。

しかも光実たちの存在に気づいた彼らは、隠れ家を頻繁に変え、幹部たちが表へ出なくなるなど、以前にも増して尻尾を捕らえ辛くなってしまう。

ギャングを捕らえても、大抵は内情を知らない末端の者たちばかりで、黒の菩提樹のアジトの位置はおろか、ギャングたちへロックシードを渡している売人の正体さえ謎のままであった。

4

チーム鎧武のガレージ。ザックは壁に張られた沢芽市の地図の前に立ち、聞き込みや調査の終わった地域を蛍光マーカーで塗りつぶしていた。

既に地図の大半は、鮮やかな色に染められている。

「また外れか……いったい連中のアジトはどこにある？」

「アジトのことも大事だけどさ……あ、これ。うちの余りモンだけど、よかったら食べて」

ガレージに入るのと同時に、話に加わってきたのは、城乃内秀保――ビートライダーズの一員であり、ヘルヘイムの脅威と共に戦った仲間のひとりだ。

城乃内がテーブルへ置いた箱の中には、色とりどりのケーキが入っていた。

「わー、城乃内、気が利く～！」

チャッキーやリカ、甘いモノ好きの女子が一斉にケーキへ群がった。

「凰蓮さんがいないから店が忙しくってさ。こっちの手伝いができないから、せめてものお詫《わ》び」

南アジアから帰国した凰蓮は、ネオ・バロンとの一件に関わった後、ずっと店を留守にしたままだった。貴虎の指示で、別ルートから黒の菩提樹を追っているのだ。

その間、城乃内は凰蓮の代わりに洋菓子店「シャルモン」の仕事をこなしている。大切な店を任せられるくらいには、城乃内も凰蓮の信頼を得ているということだ。

「それで話の続き。アジトもだけどさ、ギャングの連中がどうやってロックシードを受け取っているかもわかってないんでしょ？　そこを押さえれば、アジトの場所だってわかるんじゃない？」

「いや、まったくわかってないわけじゃないぞ。ギャングの幹部だった奴を問い詰めて、少しだが情報を手に入れてる」

ザックは並んだケーキの中から、甘さ控えめでありそうなバナナのシフォンケーキを摘《つま》みあげ、かぶりつく。

「ロックシードの受け渡しは、日時も場所も、そのつど相手から指定され、受け取りに行けるのは一人だけ。向こうも一人でやって来てロックシードを置いてゆく」

「一人……黒の菩提樹の信者？　それともシドみたいな売人？」

「連中も正体は知らないらしい」

光実が説明を引き継ぐ。

「正体を確かめようと後をつけてみたら、ふいに消えてしまった……そう言っているんだ」

「消えた？　何それ、幽霊じゃあるまいし」

「幽霊……そうだね、おかしな話だと思う。だけど……」

「ミッチとザックが公園で会った奴も、消えちゃったんだよね？」

ケーキに舌鼓をうっていたチャッキーが話題に加わる。

「うん。公園で狗道供界と名乗る男と出会った。彼は僕たちの目の前で消えてしまった……」

「狗道って……確か死んだ黒の菩提樹の指導者だよね？　まさか本当に幽霊……？」

「んなわけないだろ。何かトリックがあるに決まってるさ」

そう鼻で笑うペコだが、光実とザックは同じように笑い飛ばすことはできなかった。

あの夜、まるで幻のように暗がりへ消えた男から感じた、言いようのない不気味さを思い出し、背筋に冷たいものが走る。

オーバーロードにメガヘクス。圧倒的な力を持つ強敵と戦ってきたビートライダーズだが、もし本当にあの男が死んだ狗道供界だとしたら？

実体を持たない敵を相手に、どう戦えばいい？


同日、深夜。

市内にある古い商業ビル。

老朽化で近く取り壊しが行われるため、ビル内のテナントはほとんど既に引っ越しており、夜ともなれば人気《ひとけ》がなくなってしまう。

けれどその日は、屋上にポツンと人影があった。

屋上広告の支柱やエアコン室外機のパイプなどが乱雑に立ち並ぶ中に佇んでいるのはNWのボス、キングであった。

彼が屋上へ到着してから、既に二十分は経過している。

「クソッ、いつまで待たせやがる……！」

何本目かの煙草に火をつけるために俯《うつむ》き、再び顔を上げたキングは、自分しかいなかったはずの屋上に、スーツ姿の男が佇んでいるのに気づき驚く。

「ア、アンタ、何時の間に……!?」

暗い色のスーツを身にまとった痩身の男。

決して強面《こわもて》な外見ではないが、どこか近寄りがたい雰囲気を放っている。

紛れもない、狗道供界であった。

供界はキングへ向かって、軽く顎を振ってみせる。

供界が示した先を見ると、朽ちたペントハウスへ通じる階段の陰に、銀色のケースが置いてあった。

駆け寄ってケースを開くと、中には緩衝材に埋まるように、十個のザクロロックシードが収められていた。

キングは満足気に頷くと、再び供界へ顔を向ける。

「いくらだ？」

「金は必要ない」

何度目かの取引――いや、一方的な引き渡し。そのたびに何度も繰り返された問答であった。

「またタダでくれるのか？　アンタ、いったい何が目的なんだよ？」

「私の目的はただひとつ。人類を救うことに他ならない」

「人類を救うって？　そりゃいいぜ。ハハハッ！」

予想外の答えに、思わず声を上げて笑ってしまうキング。

だが、そんなキングを見つめる供界の視線は冷たい。

「いや、笑いすぎたな……」

供界は無言できびすを返すと、下階へ通じる非常階段の方へと歩み去る。

「おい、待ってくれ。次はいつロックシードをもらえる?」

「またこちらから連絡する」

受け渡しはいつも、供界の方からの一方的なものであった。

不思議なことに、そろそろロックシードの補充が必要になると、まるでそれを知っているかのように必ず連絡が入るのだ。

非常階段へ近づき、下方を覗き込むが、もうそこに供界の姿はなかった。

「まったく、薄気味の悪い野郎だぜ……だが、野郎の正体が何だろうと、コイツをくれるならかまうもんか」

キングは再びケースを開くと、中に詰まったロックシードを確認する。

「これだけの数が手に入れば、いよいよデカイことができるぜ……」

キングは立ち上がると、屋上の錆《さ》びた手すりの向こうに広がる沢芽市の夜景を見下ろす。

それはあたかも彼のために用意された玩具のように、眼下に広がっていた。

5

沢芽市中央銀行の店内は一般企業の給料日ということもあり、多くの客でごった返していた。

ガードマンが赤ん坊を乗せたベビーカーを押す女性に微笑みかける。

だがその笑顔は、駆け足で店内へ入ってきた数人の男たちを見た途端に凍りつく。

男たちは全員、動物の顔を模したパーティー用のゴムマスクをかぶり、その手には拳銃が握られていたのだ。

男たちの一人が大声で店内へ向かって叫ぶ。

「全員、いまの位置から動くな！　お前、外のシャッターを下ろせッ!!」

あまりに突然のことに銀行員も客も、いったい何が起きたかわからず、皆ポカンと男たちを見つめた。

けれど男の一人が天井へ向けて拳銃を発射、店内に轟音《ごうおん》が響いた途端、ようやく自分たちが銀行強盗に巻き込まれたことに気づき、騒然となる。

「静かにしろって言ってるだろうがッ!!　じゃねぇと……」

パニックに陥り悲鳴を上げる女性客たちを静めるため、強盗は入り口近くに立っていた初老のガードマンへ向かって拳銃を発砲した。

「ぎゃッ‼」

太ももを銃弾に貫かれ、床へ倒れるガードマン。

「命令にしたがわねぇ奴は、容赦なく撃つ！」

途端にシンと静まりかえる銀行内。

大慌てで銀行員がシャッターの開閉スイッチを操作する。

ガシャガシャと耳障りな音を立てながらシャッターが下り、外界から隔絶されてしまう銀行内。

「銀行員は両手を上げたまま床に膝をつけ！　客は床へ腹ばいだ！」

強盗の一人がカウンターを乗り越え、年配の銀行員の前に立った。

「お前が責任者か？　金庫を開けて金を出せ！　おい、そっちの女！　このトランクに金を詰めろ‼」

営業時間中にもかかわらず、シャッターを下ろしている銀行に訪れた利用者は皆、首を傾《かし》げたが、警察へ通報する者はいなかった。

昼日中、こんな賑やかな場所に建つ銀行が、いままさに銀行強盗に遭っていようとは、誰ひとりとして思いもしなかったのだ。

けれどそんな中、男たちが銀行へ押し入ってからシャッターが下ろされるまでの一部始終を見ていた者たちがいた。

　ギャングループＮＷの動向を探って、構成員の尾行を行っていたビートライダーズのリカとラットだ。

「これ、マジでヤバイよ……」

　ラットは携帯を取り出すと、ガレージで待機している光実へ連絡をする。

「わかった。僕たちが行くまで、そこで様子を見ていて。でも危険を感じたら、無理しないですぐに逃げること、いいね？」

　光実はラットからの電話を終えると、ガレージにいたザックとペコに状況を説明する。

「銀行強盗か……どうするつもりだ？」

「もちろん、まず警察に通報するよ。銀行の人たちの安全が最優先だからね。でも、もし連中が警察から逃げ延びるようだったら、そのまま追跡して、ＮＷの新しいアジトを突き止める」

　三人はペコが乗ってきた乗用車で、事件の起きた銀行へと急行した。


「イヤッホーッ‼」

　走行するワンボックス車の中で、ゴムマスクを脱いだＮＷのケンジは、後部座席に積まれたトランクケースを軽く叩きながら、歓声を上げた。

「スゲェチョロかったっスね、エースさん！」

「ああ、俺もこんなに上手《うま》くいくとは思わなかったぜ」

ジャックと並んでNWの古株であるエースも、ケンジを含む四人のNWメンバーも、銀行強盗が予想以上に上手くいったことに上機嫌であった。

金庫から出させた現金を五つの大型トランクへ詰め込めるだけ詰め込んだ彼らは、それを外へ待機させておいたワンボックス車へと積み込み、パトカーがやって来る前に、まんまと逃げることに成功したのだった。

「これでキングさんが言ってた通り、俺たちはもっと大物になれますね」

「まあな、これが最初の一歩ってやつだ」

——俺たちは、こんな小せぇ街でチマチマやってるだけじゃ絶対に終わらねぇ。

もっと組織をデカくして、この国を裏から支配するくらい大物になる。

そのためにはまず資金が必要だ——。

襲撃へ向かう前、NWのボスであるキングは、こんな言葉で彼らを送り出したのだった。

「やっぱキングさんはスゲェぜ。NWは最高だ！」

銀行強盗という大仕事を成功させ、盛り上がるギャングたちだったが、そんな彼らの後を一台の乗用車がつけてきていることには気づいていなかった。

「ペコ、もう少し距離を空けた方が良くないか？」

「大丈夫、周りにこれだけ車が走っていれば気づかれないって」

光実たちはリカらと落ち合うと、銀行の監視を続けながら警察の到着を待った。

けれどパトカーのサイレンが聞こえるよりも先に、ギャングたちが銀行を後にしたので、すぐさまその後を追って来たのだ。

ギャングたちを乗せたワンボックス車は市の中心部からどんどん離れ、郊外へと向かっている。

「まずいぞ、道が空いてきた」

車のハンドルを握ったペコが呟く。

交通量の多い中心部から離れたことで周囲の交通量が減り、このままだと尾行に勘づかれてしまう。

「ちょっと待って……」

光実はカーナビで付近のロードマップをチェックする。

「彼らは広い道を避けて走っているから、こちらは国道へ向かって、合流するところまで先回りしよう」

「オッケー！」

周囲の交通状況から、ギャングたちが大きく進路を変えることはないと光実は踏んでいた。

ワンボックス車の追跡を中断し、光実たちの乗用車は交差点を右折、大きな工場を横に見ながら、国道へと向かう。

道も空いており、先回りは成功するように思われたが——。

「うおッ⁉」

突然の急ブレーキに驚き、声を上げてしまうザック。

「おい、何してんだよ⁉」

「何って……見えないのか？　車道に人がいるんだ！」

「えっ？」

ペコの言葉に、ザックはフロントウィンドウの向こうへ視線を向ける。

そこで初めて、車からほんの数メートル先に男が立ち塞がり、じっとこちらを見つめているのに気づく。

その男の顔に、ザックは見覚えがあった。

「ミッチ、こいつは……」

「間違いないよ、あの時の男だ」

車から降りて、男と対峙《たいじ》する光実とザック。

そこにいるのは、夜の公園で狗道供界と名乗った男に違いなかった。

無言で視線を注ぎ続ける男に、光実は問いかける。

「お前は黒の菩提樹の関係者なのか？」

「既に名乗ったはずだ」

「狗道供界は死んでいる。お前は何者だ？　何故供界と同じ顔をしている？」

「思っていたより鈍い男のようだな、呉島光実」

光実を冷たく見つめる男の腰には、いつの間にか戦極ドライバーが巻かれていた。

掲げたその両手には、ザクロロックシードともうひとつ、血の色に妖しく輝く錠前が握られている。

『ザクロ！』『ブラッドオレンジ！』

『ブラッドザクロアームズ！　狂い咲きサクリファイス！』

『ブラッドオレンジアームズ！　邪《ジャ》ノ道《ミチ》オンステージ！』

クラックが開き、閃光《せんこう》と共に出現する血の如く紅いアーマードライダー。

見る者の不吉な宿命を示すが如きその姿は、鮮血の救世主アーマードライダーセイヴァー……！

「アーマードライダーだと!?」

「……兄さんから聞いたアーマードライダーの特徴に似ている」

光実の兄、呉島貴虎はかつて戦極凌馬と共に、狗道供界が変身したアーマードライダーと戦った。

やはりこの男は、本物の狗道供界なのだろうか？

「相手が誰だろうと関係ねえ！　ミッチ、やるぞ！」

「……ザックの言う通りだ。お前が災いをもたらすものなら、誰であっても僕は戦う！」

同時に戦極ドライバーを装着し、ロックシードを構える光実とザック。

「変身！」

二人のかけ声と共にクラックが開き、鋼の果実が舞い降りる。

『ブドウアームズ！』

『クルミアームズ！』

閃光《せんこう》と共に二人の戦士が現れる。

贖罪《しょくざい》と決意を胸に立つその姿は、絶技冴《さ》え渡る若き龍アーマードライダー龍玄。

情熱と闘志を燃やすその姿は、勇猛たる炎の拳闘士アーマードライダーナックル。

並び立つその姿を正面からとらえつつ、セイヴァーは告げる。

「戦極凌馬が開発したシステムを持つ以上、あなたたちは私の障害になり得る存在だ。我が救済を受け入れないのならば排除する必要がある」

「ぬかせ！　いくぜミッチ、速攻だ！」

怒声と共に、ナックルが一気にセイヴァーとの間合いを詰め、パンチを繰り出す。

「シュッ！」

唸《うな》るナックルの巨大な拳を、紙一重で回避するセイヴァー。

「このおッ！」

大振りの一撃をかわされたナックルは、すぐさまモーションの少ないジャブに切り替え、左、右、左と続けざまに繰り出す――が、セイヴァーはそのすべてを見切る。

「ちっ！」

懐に入り込んでの連打をかわされたナックルは反撃を覚悟する。だがそこに狙い澄ました龍玄のブドウ龍砲《リュウホウ》が火を噴いた。

絶妙なタイミングで地面を蹴り、飛来する砲弾を飛び越えるセイヴァー。

だがその隙にナックルは飛び退き、体勢を整えた。

「助かったぜ！」

「でもいまの一撃をかわすなんて……あいつ強いよ」

「ああ……癪《しゃく》だけどな」

挑発か、セイヴァーは反撃の素振りも見せず悠然と佇んでいる。

「どうした？　あなたたちの力はその程度なのか？」

「だったら……」

龍玄はチラリとナックルへ視線を送る。

すぐにその意図を理解するナックル。

「当たるまで撃つだけだ！」

ブドウ龍砲を続けざまに発射する龍玄。

嵐のような砲弾がセイヴァーを襲う。

それでもセイヴァーは、着弾の位置を予測しているかのように、軽々と龍玄からの銃撃を凌《しの》ぎ続ける。

「あなたたちの戦いをずっと見守ってきた。あなたたちのやり方は手に取るようにわかる」

「本当に？」

「？　……ッ!?」

その一言で察したのか、セイヴァーがナックルの方を振り返る。

龍玄がセイヴァーを引きつけているうちに、ナックルは戦極ドライバーにゲネシスコアを装着していた。

それは駆紋戒斗のゲネシスドライバーから回収したものだ。

キルプロセス——戦極凌馬の自爆プログラムによって、破壊されたはずのユニットが何故使用できたのか、ザックにはわからない。

だが、かつてオーバーロードとして覚醒しつつあった葛葉紘汰は、その力で壊れたカチドキロックシードを復元したことがある。

ならば紘汰に匹敵する存在となった戒斗もまた、ゲネシスコアを再生したのだろうか。

――いずれ後に続く者に自らの想いを託すために。

何にせよ理解できないことばかりだ。できることはただ、持てる力のすべてを尽くして戦うことのみ。

取り出したマロンエナジーロックシードをゲネシスコアに装着するザック。

『マロンエナジー！』

光が弾け、ロックシードの電子音が響き渡る。

『ジンバーマロン！　ハハーッ！』

マロンエナジーロックシードが呼び出したアーマーを、ナックルが鎧《よろ》う。

アーマードライダーナックル　ジンバーマロンアームズ。

戦場を駆ける武者の如く疾走するナックルは、スパイクが突き出た拳をセイヴァーに叩き込む。

「イリヤアアアア！」

ナックルの拳に込められたエネルギーが衝撃となってセイヴァーを貫き、爆裂する。

セイヴァーの姿は爆炎に呑《の》み込まれていった。

「やったか⁉」

「——なるほど。ヘルヘイムとの死闘をくぐり抜けただけのことはある」

「なッ⁉」

だが次の瞬間、セイヴァーはナックルの真後ろに佇んでいた。

離れて見ていたはずの龍玄にも、セイヴァーの動きはとらえられなかった。

ただ忽然《こつぜん》と現れたようにしか見えなかったのだ。

「馬鹿な、確かに手応えはあったぞ⁉」

「やはりあなたたちが、我が救済、最大の障害なのか」

「この……！」

龍玄のブドウ龍砲が、セイヴァーを撃ち抜く。

しかしセイヴァーの姿はそのまま、幻のように消えてしまう。

「なッ⁉」

周囲を見回しても、紅いアーマードライダーの姿を見出すことはできなかった。

「これはいったい……」

変身を解除した二人は、狐《きつね》に摘まれたように呆然《ぼうぜん》と立ち尽くすばかりだった。

そんな二人の元に、ペコが駆け寄ってくる。

「ペコ！　見ただろう⁉　また奴が消えちまった……」

「う、うん、俺も見たよ……でもいまは……」

「しまった……！」

ペコの言わんとしていることは、すぐに理解できた。

セイヴァーに散々翻弄され、長い間、この場に留められていた。

もはや急いだところで、ギャングたちのワンボックス車を見つけられるはずもなかった。

6

「お前ら、本当によくやった」

キングの前に積まれた五個の大型トランク。

トランクに詰められた溢《あふ》れんばかりの札束を眺めながら、キングは上機嫌で洋酒の入ったグラスを干す。

沢芽市郊外に建つ倉庫群。

いまは使われていない廃倉庫の地下室を、ＮＷは新しい隠れ家として使っていた。

銀行の襲撃に成功し、エースたちは怪我ひとつ負わず隠れ家へと帰還した。

逃走時の尾行を警戒していたのだが、それも大丈夫なようだ。

今回の仕事は、キングの構想する計画のほんの一歩に過ぎなかったが、ここまで上手くいけば気分が悪かろうはずもない。

まるで神が自分の野望に祝福を与えてくれたようだ――キングには、そう感じられた。

とはいえ、不満がないわけではない。

銀行襲撃を行うにあたって、キングには二つの目的があった。

ひとつは今後のための資金稼ぎ。

そしてもうひとつは、ロックシードを持たせたメンバーの強さを試すこと。

今後、さらにNWを巨大組織とするには、警察や暴力団との衝突は避けられない。

そうなった時、ロックシードを持たせたメンバーでどこまで戦えるのか……それを実際にテストしてみようと考えたのだ。

包囲した警官隊との銃撃戦でも起きれば、メンバーもただでは済まないだろうが、そうなっても問題ないようエース以外の四人は、いなくなっても惜しくない新人ばかりを選んでいた。

「しかしまぁ、これで文句をつけたらバチが当たっちまうな。テストはまた別の機会にやらせるか……」

部下たちに聞こえぬようそっと呟くと、グラスを再び口元へ運ぶが、既に琥珀《こはく》の色の液体は底をついている。

「おい、酒がなくなっているぞ」

傍らに座った女に注ぎ足しを促すが、反応がない。

「おい、聞こえねぇのかよ？」

クイーンはキングの呼び掛けを無視したまま、両手で抱えたザクロロックシードをうっとりと見つめていた。

「ああ……これがあれば……幸せな気持ちになれる……」

誰に言うでもなく、呟くクイーン。

「ちっ、ロックシードの副作用か？」

ザクロロックシードは人間から恐怖心を消し去って万能感を与え、痛みさえも感じなくする。

これにより無意識のリミッターを解除された所有者は人並みはずれたパワーを発揮するが、その負担は肉体に、脳に蓄積されていく。やがては心身共にボロボロになり廃人となるだろう――キングはそう考え、自分では決して持とうとしなかった。

「あの野郎、いったい何を企んでやがる？」

ロックシードを自分たちに与えた『あの男』の姿がキングの脳裏を過《よぎ》る。

「俺を利用してるつもりだろうが、そうはいかねえ。いずれ化けの皮を引っぺがしてやるぜ……」

キングはいまだ陶然《とうぜん》とロックシードを眺めるクイーンから目を背けると、地下室にいるギャングたちに向かって声をかける。

「おい、誰か、酒を持ってこい！」

普段ならボスの機嫌をとろうと、一声で皆が駆け寄って来るのだが……今夜は様子が違った。

天井から吊《つ》るされた工事用ランプに照らされた地下室の中、三々五々に分かれて酒盛りやギャンブルに興じているギャングたちだったが、ボスであるキングの呼び掛けに何故か誰ひとりとして応じる者はいない——。

「何で返事をしねぇんだ⁉」

怒声を上げたキングは、一番近くに座っていたケンジへ近づくと、乱暴に胸元を摑んで立ち上がらせる。

「俺をなめてやがんのか⁉」

だがケンジの瞳はクイーン同様に虚《うつ》ろで、その手には大切そうにロックシードが握られていた。

「！」

慌てて周囲を見回すキング。

よく見れば、地下室にいるメンバーの誰もが大事そうにロックシードを胸に抱き、そこから漏れる仄《ほの》かな光を見つめている。

「何だこりゃ……」

ロックシードを使わせすぎた反動か――キングは考えるが、全員が同時にこんな状態になるのは不自然すぎる。

「ケンジ、それを捨てろ！」

「……それは……できない……」

「いいから、俺の言う通りにしろッ!!」

揉み合いになる二人。そこへ歩み寄ったエースが、キングをケンジから引き剥《は》がした。

「エース！　テメェも俺に歯向かうつもりか!?」

「キング……ロックシードを手に取りなさい……」

「……この奇跡の果実こそが……我々を救済へと導くのです……」

部下たちの異様な雰囲気に身の危険を感じたキングは、ベルトに捻じ込んであった拳銃を引き抜き、エースに銃口を向ける。

それが合図だったかのように、室内のギャングたちが一斉に立ち上がり、キングの周囲を取り巻く。

「寄るんじゃねえ！」

キングの拳銃がエースの肩を撃ち抜く。しかしエースは表情ひとつ変えない。

「何故……救済を拒むのです……?」

「うるせえぇッ!!」

立て続けに発射される銃弾。

急所に命中した一人が倒れる。だが他の者たちはまったく意に介さずキングへと迫る。

「ああ……あなたは……選ばれなかった……」

弾丸を撃ち尽くした銃のハンマーが落ちる音と、キングが上げた悲鳴が、薄暗い地下室に響いた。

だがそれはすぐに、ギャングたちの口から一斉に漏れた、祈りの言葉によって覆い隠されてしまう。

「終末の時は……来たれり……」

「迷える我らを……救いたまえ……」


翌日――。

沢芽市郊外にある倉庫の敷地内で、指名手配を受けていたギャンググループNWのボス、通称キングの遺体が発見されたことがニュースで報じられた。

倉庫の地下室では、沢芽市中央銀行から強奪された現金が、手つかずのまま発見された。

しかし地下室に潜んでいたであろう他のギャングの姿はなく、警察は引き続きメンバーの行方を追っている――。

第三章

1

そこはまるで、コンクリートで作られた宮殿のようだった。

薄暗く広大な空間には無数の円柱が立ち並び、その様はギリシャのパルテノン神殿を彷《ほう》彿《ふつ》とさせる。

どこか現実離れした奇妙な空間には、百人を超す人間が集まっていた。

集まった人間は、サラリーマン、主婦、学生……と雑多。その中でも特に目に付くのは、如何《いか》にも真っ当ではない外見の若者——ストリートギャングたちだ。

かつてのNWのメンバーも多くがそこにいた。

またNWと対立していたインフェルノや他のギャンググループの者たちの姿も、数多く見受けられる。

様々な人々に共通していたのは、誰もがその手にザクロロックシードを抱えていたこと。

人々は皆、どこか視点の定まらぬ瞳で自身が持つロックシードを見つめていたが、ふいに顔を上げると、全員が同じ一点へ視線を注ぐ。

群集の正面に聳《そび》える、見上げるばかりの巨大なコンクリート壁。

その表面を這《は》うようにして天井まで続く階段の踊り場に、黒いスーツを身にまとった痩身の男の姿があった。

狗道供界だ。

「終末の時は来たれり……」

「迷える我らを救いたまえ……」

一斉に人々から上げられた声が、コンクリートで作られた巨大な閉鎖空間に響き渡る。

「我らは黒の菩提樹」

供界が、厳かに宣言する。

「終末の時は近い。あなたたちは使徒として、無明の者たちを導かねばならない。その果てに、救済の時はやって来るのだ」

感極まった法悦の声が人々から湧き起こる。

歓声に共鳴するかのように、彼らの手にしたロックシードからも仄《ほの》かな紅い光が漏れた。

「どう、新作のフルーツパフェ？」

フルーツパーラー「ドルーパーズ」の店内。

オーナーの阪東清治郎が、光実たちが陣取ったテーブルに顔を出し、パフェに舌鼓をうっている城乃内へ声をかけた。

「美味《うま》いです。マンゴーソースが効いてますね」

「シャルモンで働いてる君にそう言ってもらえると、嬉《うれ》しいねぇ〜」

満足気に微笑む阪東に、光実が話しかける。

「本当にいいんですか、皆でご馳走《ちそう》になっちゃって」

「あぁ、気にしなくて大丈夫」

阪東は手に持っていた銀色のトレーを団扇《うちわ》のように左右に振ってみせる。

「ここんとこ、お客さんが少なくてね。フルーツが傷んじゃうからさ」

言葉通り、週末にもかかわらず店内はガランとしていた。

レジではバイトのイヨが、いつもの無表情でボーッと突っ立っているだけだ。

「……それってやっぱり爆破事件の影響か？」

訊《たず》ねるザックに、阪東は肩をすくめて苦笑する。

「ギャングどもがいなくなって良かったと思ってたのにさ。まいっちゃうよな」

阪東がカウンターへ戻ると、光実、城乃内、ザック、リカはお互いに顔を見合わせ、ため息をつく。

キングの死体が発見されると、何故《なぜ》かギャングたちは一斉に街からその姿を消してしまった。それはＮＷだけでなく、インフェルノなど他のギャンググループについても同様であった。

何故、そして彼らはどこへ消えてしまったのか……？

一切は不明であったが、治安を乱すギャングたちがいなくなったことに街の人々は安堵《あんど》し、単純に喜んだ。

だが、ギャングの背後に黒の菩提樹がいることを知っていた光実たちは、それが何かの前触れではないかと危惧した。

そしてそれから数日後――不幸なことに光実たちの危惧は、見事に的中してしまう。

沢芽市内で爆発騒ぎが起きたのだ。

当初は危険物による爆発事故かと思われたが、現場に居合わせた目撃者の証言で、それが何らかの爆発物を持った人間による自爆であることが判明する。

その後も自爆による爆発騒ぎは相次いだ。市民にも多くの怪我人が出ている。

もはやこれは自爆テロと呼ぶべき事件だった。しかし肝心の犯行声明は行われていない。

いったい何者が、何の目的でこのような凶行を繰り返しているのか？

「やっぱり洗脳されたギャングどもの仕業だろうな」

「ストリートギャングが軒並み姿を消した、すぐ直後にこの騒ぎだからね。ＮＷのキングのか？

が殺されたのも説明がつく」

　語りながら光実は黒の菩提樹──自身を狗道供界と名乗った男の真意を考える。

　ギャングにロックシードを供給したのは、自爆テロを行う人間を増やすためだったの

　そもそも自爆テロの目的は何なんだ？　もしかしたらセイヴァーシステムを完成させるまでの間、世間の目をくらませるためのカモフラージュかもしれないが──いくら考えても、現段階では根拠の薄い推測に過ぎない。

「悩んでいても仕方ない。問題はこれからどうするかだ」

　光実の考えを、ザックが代弁する。

　ザックの言う通りだ。いまは黒の菩提樹に関する情報がもっと必要だ。

「とにかくさ、その自爆犯を捕まえてみるしかなくない？」

　クリームを口につけたまま、城乃内が提案する。

「誰が犯人かなんて、爆発してからじゃないとわからねえだろ」

「いや……いなくなったギャングのメンバーなら調べようがある。それで犯人を特定できるかもしれない」

「なるほどな。だが沢芽市全体を見回るには、人手が足りないな……」

「あっ、それなら……」

皆の話を横で聞いていたリカが、右手を上げた。

「昨日、知り合いの子から電話があって……」

リカの話では他のダンスチーム――レイドワイルドや蒼天《そうてん》、ＰＯＰ《ポップ》 ＵＰ《アップ》らのメンバーから調査に協力したいという連絡があったのだと言う。

「ギャングとか爆発騒ぎのせいでずっとダンスができなくって、みんな頭にきてるんだよ」

他チームからの申し出は正直ありがたかった。リカに頷《うなず》き、光実は答える。

「助かるよ。ぜひ協力してほしいって伝えて」


メンバーを増強したビートライダーズは、さっそく沢芽市内の見回りを開始した。

目的はテロリストの発見と確保。しかし集団で暴れたギャングと違って、単独で目立たぬよう行動している犯人を広い市内から見つけるのは至難の業だ。

それに加えて、爆破事件が起きる場所も予測が困難だった。大企業のビルや公共施設……そういった、如何にもテロの標的になりそうな場所は、ほとんど狙われない。

民家や小さな公園、人気《ひとけ》の少ない路地裏など、これが実際にテロ活動だとして、意味があるとは思えない場所での爆発が相次いでいる。結果、被害者が少ないのは不幸中の幸いではあるのだが……いつどこで事件に巻き込まれるともわからない状況だ。市民の不安は増す一方だった。

――変化は静かに訪れた。

当初はコミュニケーション・アプリやSNSを通じて広まった『おまじない』だった。誰が始めたことなのかはわからない。『命の実』と呼ばれるパワーアイテムに触れることで、身体にたまった老廃物を取り除き、新たな生命エネルギーをチャージする――如何にも胡散臭《うさんくさ》い霊感商法といった感じだ。

実際ほとんどの者は鼻で笑うだけで相手にもしない。そのうち、そんな話題があったことも忘れてしまう。

しかし少数の例外は必ずいる。ましてや沢芽市の場合、爆発物による自殺という、衝撃的な事件が相次いでいる。鰯《いわし》の頭も何とやら。不安から、とりあえずおまじないを試してみる者が現れても不思議ではない。

おまじないの内容は『命の実』を布越しに触れるという単純なものだ。「慣れない人間が直接触れるにはパワーが強すぎる」という、これまた如何にもな説明がついている。

そして、このくだらないおまじないは――沢芽市内において、ちょっとしたブームとなった。

このおまじないを体験したものは、いずれも高揚感と万能感で満たされる。それは『命の実』に触れている数十秒の出来事だ。後に何らかの怪しい症状が現れることもない。

当然だ。『命の実』は麻薬の類いと違って肉体的に依存するものではないのだから。

おまじないは少しずつ広まっていく。おまじないを繰り返す者は、やがてこの素晴らしい体験を広めるために集まり、活動を開始する。

彼らはかつて沢芽市に存在した、とあるマイナーなカルト集団と同じ名を称するようになった。

すなわち――黒の菩提樹である。

「お前、どういうつもりだ！」

駅前にペコの怒声が響き渡る。道行く人々は何事かと振り返る。

ペコは気の弱そうな中年男性の胸倉を摑《つか》み、怒りの形相で問い詰めていた。

「ちょっと……落ち着いてください。私はただ、黒の菩提樹の教えに耳を傾けてほしいだけで……」

「お前もロックシードで操られてるのか⁉　お前らのアジトはどこだ⁉」

「え……ああ、はい。教会の場所でしたら、こちらのチラシに……」

「ふざけるな！」

いまにも男性に殴りかかりそうなペコを、駆けつけてきた光実が止める。

「やめるんだ、ペコ」

「ミッチ⁉　だって、こいつら……！」

「警察を呼ばれたら厄介だ。行こう」

「ちょっ、ちょっと！」

光実は男性に迷惑をかけたことを謝ると、半ば強引にペコを連れ去った。

「彼らは何も知らない、ただの一般人だ」

「でも黒の菩提樹って……！」

「おまじないによって集まった人たちが作った、自然発生的なグループだよ。本物の黒の菩提樹というわけじゃない」

「……ただの偶然だって言うのかよ？」

「もちろん違う。彼らの言う『命の実』……たぶんザクロロックシードのことだ」

「……じゃあ、やっぱり！」

「うん、裏では必ずあいつが糸を引いている——狗道供界を名乗る、あの男が」

2

教会――とは言っても小さな雑居ビルに間借りしているだけの簡素なものだ。活動内容は、布教の他には、ちょっとしたボランティア活動。それも別に義務というわけではない。

教会にはいつ来てもいいし、いつ帰っても良い。飽きれば辞めるのも自由――この気軽さもあって、黒の菩提樹の入信者は少しずつ増えていった。

一週間程度の『お試し期間』を経て、正式に信徒として登録されて『命の実』が与えられる。

ちょうどいま、ひとりの女性がお試し期間を終えて、入信申請の手続きを進めていた。

――チーム鎧武のチャッキーである。

「では改めまして。ようこそ黒の菩提樹へ。これから共に頑張りましょう」

温和そうな初老の男性が笑顔でチャッキーを歓迎する。

「よ、よろしくお願いします……」

少し緊張した風にチャッキーは頭を下げた。

やがて幹部のひとりがトランクケースを持ってくる。幹部は腕にタトゥーを彫った強面《こわもて》の男で、とても宗教団体の関係者には見えない。しかし見かけにはよらず、顔には常に穏やかな微笑みを浮かべていた。

幹部の男がトランクケースを開けて、中身をチャッキーに差し出す。

それはお試し期間中は布に隠されていた『命の実』――ザクロロックシードだった。

「常に肌身離さず、持ち歩いてください」

「は、はい」

幹部から渡されたロックシードを、思わず両手で受け取るチャッキー。

その瞬間、痺《しび》れるような感覚が掌から全身へと伝わっていった。

「……！」

胸の奥から喜びが湧き上がり、身体が羽のように軽く感じた。

何もかも投げ出し、歓喜に身を委ねたい――一瞬だけとはいえ、そんな考えすら思い浮かぶ。

（これ、ホントにヤバイものだよ……）


一週間前。チーム鎧武のガレージにて。

ペコが駅前で見た、黒の菩提樹の信徒たちについて、光実たちは話し合っていた。

一同の前には開かれたトランクケースがある。

その中には以前ストリートギャングから奪ったザクロロックシードが収まっていた。

「これがザクロロックシード……」

思わず手を伸ばすラットを光実が止める。

「あまり触らない方がいいよ。長時間触れていると洗脳される恐れがある」

「うわぁっ！　……そ、そうだったな」

おそるおそる手を引っ込めるラット。気を取り直して光実は話を続ける。

「最初におまじないを広げたのは、たぶん行方不明になったギャングのメンバーたちだと思う。洗脳された彼らは、今度は一般市民にもザクロロックシードを普及させるために動き出したんだ」

「じゃあ最近の自爆事件は……」

説明する光実に、リカが問いかける。

「世間を不安にさせるのが目的なのかもしれない。そうすれば何かにすがりたくて、ザクロロックシードに手を出す人も増えていく……」

「クソ！　黒の菩提樹め、人の命を何だと思ってやがる！」

ザックは怒りを隠さない。このままでは一般人も操られ、あるいは自爆させられるかもしれないのだ。

「でもこれでザクロロックシードの出所を追いやすくなった。アジトの位置もわかるかもしれない」

「何か策でもあるのか、ミッチ？」

「…………」

そこで光実は押し黙ってしまう。実際にアイデアはある。しかしそれを口にするのは気が引けた。

昔の彼なら迷わなかっただろう。しかし、かつてみんなを裏切ったという負い目が彼を躊躇《ちゅうちょ》させた。

これ以上、自分のせいで誰かを危険な目に遭わせたくはない……。

「黒の菩提樹に入信して、スパイしてくれればいいんでしょ？　あたしやるよ？」

考えていたことをあっさりとチャッキーに言われ、呆然《ぼうぜん》とする光実。慌てて、気を取り直し。

「ちょっと待って！　危険かもしれないんだよ。だったら僕が……」

「ミッチもザックも、狗道供界って人に顔知られてるじゃん。あたしだったらバレない可能性高くないかな？」

「でも……！」

「ミッチさ……昔のこと気にして、みんなに遠慮してるでしょ。仲間なんだからちゃんと頼ってほしいな」

「…………」

……見透かされていたのか。光実は恥ずかしい気持ちでいっぱいになった。結局は気を遭われていたのは自分の方だったのだ。

あの頃から何も成長していないと痛感する。賢く振る舞っているつもりで、周りのことが何も見えていない。目先のことばかりに必死になっている……その結果が、みんなにも自分にも深い傷を残した、あの一年だったというのに。いつになったら自分は、少しはマシな人間になれるのだろうか。

そんな光実の内心を察するように、チャッキーは続ける。

「ミッチが変わったことは、もうみんなわかってるんだからさ……あんまり気にしないでよ」

なおも押し黙る光実を励ますようにザックが告げる。

「別にその教会自体がヤバイってわけじゃないんだろ？　だったら、そうそう危険な目には遭わないはずだ。それに――」

ザックは光実の目を真っ直ぐに見つめ、それからチャッキーに告げた。

「何かあったら、俺たちがすぐに駆けつける」

「！　……うん、もちろん僕だって！」

その言葉で光実の決心がついた。自分の不甲斐なさを悔やんでも仕方ない。どんなに不格好で無様でも、前に進まなくちゃいけないんだ。せめて同じ過ちを繰り返さないために。

「チャッキー……ありがとう。改めて僕の方からお願いするよ。黒の菩提樹に入信して内情を探って欲しい」

「うん、任せておいて！」


そして現在。

「あの、すいません。ちょっとお手洗いに……」

手続きが終わり、『命の実』を渡されたチャッキーは、そのままトイレへと駆け込んだ。

個室の中で、鞄《かばん》の中から取り出したケースにザクロロックシードをしまい、代わりにレプリカのロックシードをポケットに入れる。

「これでよしっと……」

そして隠し持っていた小型無線機に向かって、小さな声で報告する。

「こちらチャッキー、『命の実』を受け取ったよ。やっぱりコックシードだった」

「ロックシードにはできるだけ触れないで。後で回収するから」

無線機の向こうから光実の声。

「わかってる。ああ、あとやっぱりミッチの予想通りだったよ。幹部の中にギャングの人がいた。うん、インフェルノのメンバー。以前、後をつけた時に見た顔だから間違いないよ」

「大丈夫？　疑われている様子はない？」

「たぶん。いまのところは平気だよ。このまま潜入を続けるね」

「わかった。気をつけて」

　チャッキーが潜入している教会から、二百メートルほどの距離にある駐車場。

　そこの一番奥まった、表通りからは見えないスペースに停められた乗用車の助手席で、光実が安堵の息を吐《つ》く。

「いまのところは上手くいっているけど、問題はここからだ……」

　その元ギャングの幹部を追えば、黒の菩提樹の手がかりを得ることができるだろう。だがここからはさらに慎重にならなければいけない。

　ギャングのメンバーはおそらく洗脳されている。つまり直接、黒の菩提樹と繋《つな》がっているのだ。危険度も高い。

　ここで焦ってしくじれば、チャッキーの身を危険にさらしてしまう。

「必ず大きな動きがあるはず……それを見極めるんだ」

3

「いのちはめぐる。すべてはうつろう」

コンクリートの宮殿。立ち並ぶ無数の円柱。壁を這うように伸びる階段。

広大な空間に、狗道供界の声が幾重にも谺《こだま》する。

「歓喜せよ。森から追放されし我らが、救済の階段をまたひとつ昇るのだ」

集まる『信徒』たちの数は、かつての十数倍にふくれ上がっている。

ザクロロックシードは静かに、だが着実に所有者の精神を、そして沢芽市全体を侵食しているのだ。

「終末の時は来たれり……」

「迷える我らを救いたまえ……」

天上より垂らされた蜘蛛《くも》の糸を求める亡者たちのように、供界へ向かって信徒たちが手を伸ばす。

「千変する三千世界のその果てに、我が願い、我が救済は結実せり！」

供界が唱《うた》うと共に、信徒たちの持つザクロロックシードが一斉に紅い光を放ち始めた。

「非常事態だ！　チャッキーから無線があった！」

スマートフォンの向こうから聞こえるザックの声は緊張感に満ちていた。

駐車場に停めた車から教会を見張っていたザックだが、内部に動きがあったのだ。

「何が起こったの？」

訊ねながら光実は既に椅子にかけていたジャケットを掴み、ガレージの外へと飛び出している。

「教会にいた信者たちが一斉にトランス状態になったらしい。幹部が用意したマイクロバスに乗って、どこかへ向かっている」

「チャッキーは？」

「トランス状態になったふりをして、一緒にマイクロバスに乗った。それからの連絡はない」

「位置は把握できてるよね？」

チャッキーに持たせた無線機はＧＰＳタグにもなっており、専用のロケーターで位置が特定できた。

「ああ。いま、新沢芽通りを真っ直ぐ走っている」

「そのまま追って。僕もタクシーでそっちに向かう。途中で落ち合おう」

「わかった！」

チャッキーと信者たちを乗せたマイクロバスは、市内を北へと向かう。

バスの他にも並走するように走る乗用車が多数存在する。

どうやら教会の信者だけではなく、他にもザクロロックシードに操られて移動する人々がいるようだ。

ザックと合流した光実は、バスから一キロほど距離を置き、タグからのGPS信号を頼りにその後を追跡する。

チャッキーの位置を示すアイコンは地図上をどんどん移動、沢芽市内を流れる河川の傍で停止、そこで消えてしまう。

電波が遮断される建物の中へ入ったと思われるが――。

「けど、ここは何もない河川敷の野原だぜ？」

信号の消失地点から少し離れた場所に自動車を停め、付近を確認するが、それらしい建物はどこにもない。

「いや、ここは確か……」

沢芽市地下放水路――大雨などで市内に溢《あふ》れた水を強制的に河川へと排出するための巨大地下水路。

十年ほど前に完成したものの、杜撰《ずさん》な施工で地盤沈下が発生し、そのまま放置されていた。

調圧水槽と呼ばれる、水路に入ってきた水を一時的にためる巨大な地下プールが、チャッキーの信号が消えた辺りの地下に存在しているはずであった。

「奴ら、そんな場所をアジトに使っていたのか」

「道理で見つからないはずだ。しかも地下水路を使えば、市内のどこへでも行ける」

黒の菩提樹が何を企んでいるかはいまだに不明だ。しかし時間が経てば経つほど状況は悪くなるのは間違いないだろう。

「何よりチャッキーを早く救い出さないとな」

既に覚悟を決めた様子のザックに向かって、光実は頷く。

「迷ってる暇はないね。少し無茶だけど、このまま二人で突入しよう」


「ここは許可がないと入れません」

地下の調圧水槽の入り口周辺にはフェンスが張られ、ガードマンが警備していた。

「すみません、地下放水路跡の見学に来たのですが。大学のレポートのために必要で……」

堂々と嘘《うそ》をつく光実だが、ガードマンの目が虚《うつ》ろで焦点が合っていないことに気づく。

「ああ……これは駄目だな」

ガードマンがザクロロックシードを取り出すのを見て、二人に緊張が走る。

「まずいぞ。野郎、自爆するかもしれねえ！」

「取り押さえないと！」

しかしガードマンの行動は、二人の予想とは違っていた。

ザクロロックシードの解錠音と共に、クラックが開いた。

クラックの向こうから黒い靄《もや》のような何かが溢れ出る。同時にノイズのような耳障りな音が辺りに響き渡った。

否、ノイズの正体は無数の羽音であり、黒い靄の正体は空飛ぶ虫の群れだ。

大量の虫が一斉に光実とザックにまとわりつく。

「おわああ⁉　この！　この！」

群がる虫を必死に払い落とすザックと光実。虫は地球でいうところのバッタやイナゴの類いに酷似している。

やがて虫の群れは二人から離れると、虚空の一点に集まり――。

「⁉」

無数の虫が『変身』して、ひとつの異形と化した。

それは例えるならばバッタ人間、イナゴ怪人とでも表現すべき怪物だ。地球の生態系には存在しない、異界の生命体。

だが二人はこれによく似た生物を知っている。

「インベスか⁉」

「……似ている。以前、コウガネと名乗るアーマードライダーが操っていた奴と」

ヘルヘイム消滅から七ヵ月経ったある日、光実たちはコウガネと名乗る謎のアーマードライダーの襲撃を受けた。

コウガネの正体はついにわからなかったが、かつてヘルヘイムに滅ぼされた種族フェムシンムについて知っていたことから「オーバーロードの生き残りではないか」と、光実の兄、貴虎は推測していた。

……光実たちは覚えていない。かつて自分たちが、ラピスと名乗るオーバーロードが集合的無意識から創り出した領域――すなわち夢の世界に閉じ込められたことを。

そして、その世界に幽閉されていたコウガネ――偽りの黄金の果実が生み出した魔人と死闘を繰り広げたことを。

それを記憶しているのは地球を去った葛葉紘汰だけだろう。

「来るぞ！」

恐るべき跳躍力で飛びかかってくるイナゴ怪人の一撃を、間一髪で避ける光実とザック。身をかわすのと同時、二人は既にロックシードを取り出していた。

「変身！」

変身中の無防備な二人に襲いかかろうとするイナゴ怪人。しかしクラックから現れた鋼の葡萄《ぶどう》と胡桃《くるみ》が連続してイナゴ怪人に激突する。

弾かれ吹き飛ぶイナゴ怪人。その反動で二つの実も大きくバウンドし、光実とザックの頭上まで飛んできた。

鋼の実が展開し、無敵の鎧《アーマー》となって、二人は武装する。

アーマードライダー龍玄。アーマードライダーナックル。ここに見参。

「オラァァッ！」

ナックルの猛攻。怒濤《どとう》の連打がイナゴ怪人を打ちすえる。反撃できず後ずさるだけのイナゴ怪人に、必殺のボディーブローが炸裂《さくれつ》する……。

「何イ⁉」

だがその瞬間、イナゴ怪人の身体がイナゴの群れになって、ナックルの一撃をすり抜ける。

群れはナックルの真後ろで再び集まり、イナゴ怪人に戻る。背後からの不意打ちを喰《く》らい、ナックルは吹き飛ばされた。

「ザック！」

龍玄がブドウ龍砲でイナゴ怪人を牽制《けんせい》、その隙にナックルは起き上がる。

「痛てて……あんなのアリかよ」

「一気に吹き飛ばすしかなさそうだね」

「そうだな……よし、気合入れるか！」

まずブドウ龍砲が散弾となってイナゴ怪人を足留め、そこにナックルが殴りかかる。

ナックルとイナゴ怪人の攻防が続く。激しい格闘戦の末、ナックルの右ストレートがイナゴ怪人をよろめかせた。

「いまだ！　やれ、ミッチ！」

ナックルが戦っている間、龍玄のエネルギーチャージは完了していた。

ベルトのバックルに装着されたカッティングブレードを操作、システム音声が鳴り響く。

『ブドウスカッシュ！』

「はあああああッ！」

ブドウ龍砲から放たれた強力なエネルギー弾が龍となってイナゴ怪人を撃つ！

苦痛にあえぐイナゴ怪人の身体がイナゴの群れとなって逃れようとするが……。

「させるか！」

ナックルがカッティングブレードを三回カット。その全身に力が漲《みなぎ》っていく。

『クルミスパーキング！』

巨大な胡桃型のエネルギーがナックルの拳から放たれた。

エネルギーの塊に粉砕されて、イナゴ怪人が爆発する。

肉体から逃れようとしていたイナゴたちも爆炎に呑《の》み込まれ、一匹残らず焼き尽くされた。

「ざっとこんなもんよ」

得意げに言いながら変身を解除するザック。しかしそこに龍玄の警告が飛ぶ。

「ザック！　警備員が！」

振り返るとイナゴ怪人を喚《よ》び出したガードマンが、ザクロロックシードを起動させようとしていた。

「やべぇ、自爆する気か⁉」

「クッ……！」

龍玄の精密な射撃がザクロロックシードを弾き飛ばす。すかさずそこにザックのパンチが決まり、ガードマンは倒れた。

ようやく変身を解除した光実が、深いため息をついた。

「油断大敵だよ」

「……悪ィ、助かった」

「見張りを倒したからバレるのは時間の問題だ。急ごう」

4

「……かなりの数がいるな」

調圧水槽上部に設置されたキャットウォークから槽内を見下ろしつつザックは呟《つぶや》いた。幅八十メートル、長さ二百メートル、雨水をためるための広大な空間に、ザクロロックシードに操られた人々は集まっていた。ここが黒の菩提樹のアジトであることは間違いないだろう。

「これだけの数がテロに利用されたらと思うと、ぞっとしねえな……」

水路を使えば、市内のあらゆる場所を爆破することができる。

警察署、消防署、病院……ライフラインや治安維持に必要な施設をことごとく破壊することが可能なのだ。

さらにはセイヴァーシステム……混乱の中でそれが使用されれば、間違いなく沢芽市は地上から消滅することだろう。

「とにかくいまはチャッキーを探さないとな……」

「下に降りてみよう」

集まった人々に紛れて、チャッキーの姿を探す光実とザック。誰も二人のことは気にも留めない。ただ虚ろな目で茫《ぼう》と突っ立っているだけだ。

そんな中、チャッキーを探して動き回る二人の姿はそれなりに目立つ。程なくしてチャッキーの方が二人を発見した。

「ミッチ！　ザック！」

「チャッキー！　大丈夫⁉」

「うん。怖かったけど、絶対ミッチたちが助けてくれるって信じてたから」

「約束したからね。それにしても……」

光実は周囲を見回す。やはり人々は虚ろに立ち尽くすばかりだ。しかし観察し続けると、何というか、奇妙な違和感がある。その原因は……。

「ここに降りてから、ずっとこんな感じだよ。ちょっとだけ身体を揺すってるんだけど、その動きが……みんな一緒なの」

チャッキーの言う通りだ。人々の微かな動きは気味が悪いほどにシンクロしている。これもザクロロックシードの影響だろうか？

「まぁ邪魔されないのはありがたいぜ。いまのうちにさっさと逃げ出そうぜ」

「……ザック。チャッキーを連れて先に脱出して。僕はもう少しここを調べてみる」

「おいおい、一人だと危険だぜ」

「でもここが黒の菩提樹のアジトなら、あれがあるはずなんだ」

「セイヴァーシステムか？」

「セイヴァーシステムの正体がスカラー兵器なら、あんなに巨大なものを隠し通せるはずがない。もしあるとしたら……」

「ここのどこかにある……ってことだな」

ザックの言葉に頷く光実。

「わかった。チャッキーのことは任せろ。ミッチも無茶だけは絶対にするなよ」

「わかってる。ありがとう」

市内へ通じる水路へと向かう二人を見送った光実は単身、調圧水槽の奥へと向かう。

通路を抜けると、頭上から陽の光が射してきた。

暗い場所に慣れていたせいで、一瞬目が眩《くら》む。

「……ッ」

それは地上から垂直に穿《うが》たれた巨大な立坑だ。

市内各所から集まった水が、まとまって流れ込む巨大な井戸。

建設が放棄され、所々に鉄骨が剝《む》き出しになった深さ七十メートルにも達する縦のトンネル——そこに目的のものは存在していた。

「これがセイヴァーシステムか！」

立坑内にスッポリと収まる形で、複雑な形状のアンテナが設置されていた。

それはまるで地底に生えた菩提樹の大木のようでもある。

「これ自体は電磁波を発信するアンテナだな。出力装置本体は……あれか？」

立坑の最下部。アンテナの根元に置かれた機械装置群——どうやらそれがセイヴァーシステムの心臓部のようだ。

光実は立坑壁面に設置された、螺旋《らせん》状《じょう》の階段を駆け下りていく。

「――やはりあなたが来るのか。呉島光実」

「お前は……⁉」

いつの間にか、セイヴァーシステムの頂上に、幻妖なる一人の男が立っていた。

自らを狗道供界と名乗るあの男である。

「いつの間に……」

「告げたはずだ。我が救済を拒むなら排除せねばならぬと」

男の周囲にいくつものクラックが開く。そのすべてからイナゴの群れが飛び出し、光実の元まで殺到してくる。

「クッ……！　変身！」

即座に龍玄に変身する光実。イナゴの群れは次々と怪人態となり、龍玄に迫る。

イナゴ怪人は狭い足場をものともせず、跳躍力を活《い》かし、ある時はイナゴの群れになって飛翔《ひしょう》しながら、変幻自在に龍玄に襲いかかる。

上下から迫り来る敵を相手に龍玄は善戦するが、徐々に防戦一方になっていく。

「この……！」

跳びかかってくるイナゴ怪人をブドウ龍砲が撃ち抜く。爆発するイナゴ怪人。しかしその隙に別の個体が、横合いから龍玄に摑みかかる。

「しまった！」

揉《も》み合いの末に龍玄は自らの得物を手放してしまう。立坑の底まで落ちていくブドウ龍砲。

素手となった龍玄にさらなる追撃が入る。階段の手すりごと吹き飛ばされ、龍玄の身体が宙を舞う。

「うわあああっ！」

数十メートルの高さから落下し、立坑の底、すなわちセイヴァーシステムの出力装置の天井部に叩《たた》きつけられる。アーマードライダーの強固な鎧《よろい》が光実の身を守ったものの、落下のダメージは大きく、なかなか立ち上がることができない。

そこにイナゴ怪人たちが、龍玄にとどめを刺すべく一斉に襲いかかる。

「こんなところで……やられたりはしない……！」

光実は震える手でベルトのバックルに装着されたブドウロックシードを、別のロックシードに入れ替えた。新たなアーマーが頭上に出現し、龍玄を覆っていく。

『キウイアームズ！　撃《ゲキ》・輪《リン》・セイヤッハッ！』

大型のアーマーに身を包んだ龍玄の両手には、巨大な円形の武器――キウイ撃輪が握られている。

四方から跳びかかるイナゴ怪人たちを迎え撃つため、龍玄は回転しながら、二つの撃輪を振り回す。

「ハアアアアッ！」

龍玄の動きに合わせてエネルギーの刃《やいば》が円状に広がり、すべてのイナゴ怪人を同時に両断する！

「うっ……くっ！」

しかしダメージを負った上での大技は、光実の身体にとって大きな負担となった。負荷から装着者を守るため、自動的に変身が解除される。

膝をつき、息を荒らげる光実を、狗道供界は冷ややかに見下ろしていた。

「さすがだ、呉島光実。だが、それもここまでのようだ」

供界が告げると、さらにクラックが開き、新たなイナゴ怪人が次々と出現する。光実の心が絶望で満たされていく。

「……諦めちゃ駄目だ！　紘汰さんだったら、こんな時も絶対に諦めない！」

折れそうな心を必死に奮い立たせる。そんな光実をイナゴ怪人たちは無慈悲にも——。

『メロンエナジー！』

雨となって降り注ぐ光の矢が、イナゴ怪人をことごとく貫いた。

「いまの攻撃は……！」

驚きに目を見開く光実。供界にもまた変化があった。

無表情だったその顔が不快感で歪《ゆが》んだのを、光実は見逃さなかった。

「またしても私の前に立ちはだかるか……」

光の矢が飛んできた方向を見上げる供界。

螺旋階段。立坑開口部から降り注ぐ陽の光を背にして、弓を構え、泰然と佇《たたず》む白きアーマードライダーの勇姿がそこにはあった。

すなわち——。

「……呉島貴虎」

アーマードライダー斬月・真、ここに推参！

5

斬月・真は階段の手すりから身を乗り出すと同時、手にしたロックシードに似た装置を起動。かつてユグドラシルが開発した飛行用の乗り物《ビークル》、ダンデライナーが出現する。

ダンデライナーに飛び乗り、立坑内を降下する斬月・真。

「……変身」

二つのロックシードを装着し、狗道供界がアーマードライダーセイヴァーへと変身する。

手にする武器はソニックアローに酷似した黒の魔弓セイヴァーアロー。斬月・真が乗るダンデライナーに向けて、エネルギーの矢を射出する。

飛来する矢を斬月・真は巧みにダンデライナーを操縦して回避、あるいはソニックアローの刃で切り払いながら、セイヴァーに向かって真っ直ぐに突撃する。

セイヴァーの頭上、ダンデライナーから飛び降りて、ソニックアローを振り下ろす斬月・真。

対するセイヴァーもまたセイヴァーアローを斬り上げて、それを迎え撃つ。

刃と刃が交差し、激突するエネルギーが火花となって散る。鍔迫《つばぜ》り合いの状態で睨《にら》み合う二人のアーマードライダー。

「狗道供界！　何故お前が生きている⁉」

「私は生死を超越している。呉島貴虎、戦極凌馬はあなたを高く評価していたようだが、所詮は肉体に縛られた存在に過ぎない」

両者、弾かれるように飛び退き、そのまま互いに矢を撃ち合う。

「兄さん！」

「状況はお前の仲間たちから聞いている！　よく頑張ったな、光実！」

光実に語りかけながらも攻撃の手はゆるめない。斬月・真とセイヴァーは自らのロックシードを弓に装着。二人のエネルギーが高まっていく。

『メロンエナジー！』

『ザクロチャージ！』

放たれた必殺の一撃が正面から衝突。力は拮抗《きっこう》し、相殺され、爆発を起こす。

「ここは私に任せろ！　光実、お前はセイヴァーシステムを破壊するのだ！」

「わかったよ、兄さん！」

まだ痛む身体に鞭打《むちう》ちながら、光実はセイヴァーシステムの本体を目指して走り出した。

セイヴァーの意識が光実に向いた一瞬の隙をついて、斬月・真が一気に間合いを詰めて斬りかかる。

セイヴァーアローと片刃の刀――紅の大橙丸《ダイダイマル》を十字に構えて、何とかその一撃を受け止めるセイヴァー。

「テロの目的は何だ。黒の菩提樹は何を企んでいる⁉」

「テロではない。救済である」

「人々をザクロロックシードで洗脳し、自爆させることが救いだと？　ふざけるな！」

怒りと共に放たれた斬撃が、二刀流による防御さえ破った。よろめき後ずさるセイヴァー。しかしその顔は真っ直ぐに斬月・真へと向けて。

「自爆ではない。ザクロロックシードがもたらすエネルギーに肉体が耐えきれないだけだ」

「何だと？」

「しかしそれこそが進化の祝福である――かつて私がそうだったように」

「何の話をしている！」

さらに斬月・真が追撃する。目ではとらえきれない速度の連撃を何とかセイヴァーアローの刃で凌《しの》ぐセイヴァーだが、完全に防ぎきることは叶《かな》わず、致命傷を避けるのが精一杯といった様子だった。

「セイヴァーシステムの目的は⁉　スカラー兵器で沢芽市を消滅させることに何の意味がある⁉」

その時、貴虎の背筋に悪寒が走る。

狗道供界がその仮面の下で冷たい笑みを浮かべた――ように感じたのだ。

「セイヴァーシステムはスカラー兵器などではない」


「何なんだ、これは……」

セイヴァーシステムの本体に辿《たど》り着いた光実は、驚くべきものを目にする。

基礎的なシステムは確かにスカラー兵器だったかもしれない。しかし決定的に違う。

セイヴァーシステムの心臓部は――ヘルヘイム植物によって埋め尽くされていた。

ただヘルヘイム植物が繁殖しているのではない。ヘルヘイム植物はセイヴァーシステムの機械と複雑に組み合わさり、融合し、秩序立ったひとつの機関を構成しているように見える。そして光実はこれによく似た装置を目にしたことがあった。

「……レデュエの作った装置に似ている」

レデュエ。光実にとっては後悔すべき過去のひとつ。

ヘルヘイムによって滅びたフェムシンムの生き残りで、最も狡猾《こうかつ》で残忍だったオーバーロードだ。

光実はそのレデュエと協力関係だった時期がある。その時、レデュエはフェムシンムの王ロシュオの死んだ妻――つまりは王妃を甦《よみがえ》らせるため、地球の機械とフェムシンムの呪術を融合させた装置を開発した。

いま、目の前にあるセイヴァーシステムはそれと似ていた。異界の技術で支えられた異形のシステム。

これはスカラー兵器ではない……もっとおぞましい何かだ。

「戦極凌馬が最初に作ったリンゴロックシードは、擬似的な黄金の果実を生み出すためのシステムだ。実験は失敗に終わり、このアプローチは放棄された。だがその後、修復されたリンゴロックシードのデータは、戦極ドライバー完成の礎となる……」

斬月・真の猛攻を受けながら、セイヴァーは語り続ける。

「違う。実験は失敗ではなかった。被験者である私の肉体は消滅したが、私の存在はより高次元のものへと進化したのだ。戦極凌馬は最初の理論を捨てるべきではなかった！」

「高次元？　何を言っている⁉　お前はいったい何者なんだ！」

問いつつも斬月・真は攻撃の手をゆるめない。決定的な一撃が炸裂し、セイヴァーは膝をつく。

「あれだけの数の信徒が集まれば、セイヴァーシステムを起動するための十分なエネルギー量に達するだろう」

悪寒はさらに酷くなる。ここでこの男を止めなければならない——数々の地獄を乗り越えてきた貴虎の直感が、そう告げていた。

「させるものか！」

まだ立ち上がることのできないセイヴァーに対して、斬月・真は一切の容赦もなく、渾《こん》身《しん》の力を込めて、必殺の一撃を繰り出す。

『メロンエナジースカッシュ！』

翠色《エメラルド》に輝く刃の軌跡が、セイヴァーを両断した。

そう、確かに倒したのだ。

「……驚いている場合じゃない。とにかくセイヴァーシステムを破壊しないと」

たとえセイヴァーシステムがどんなに悪魔的なものであったとしても、ここで破壊してしまえば、それですべてが終わる。

光実は再び龍玄に変身するため、ロックシードを取り出すが――。

「私の救済を止めることはできない」

「⁉」

何の前触れもなかった。光実の目の前に狗道供界が突然現れたのだ。

「そんな……兄さんと戦っていたはずじゃ⁉」

「戦極凌馬の失われた計画を、私が実現する！　祝福せよ、我らの望んだその時だ！」

感極まった供界の声と共に、セイヴァーシステムが紅い光を放ち始めた。

「何をするつもりだ⁉」

「遍《あまね》く者は見るがよい、これこそ我が楽園の創世である！」

「終末の時は来たれり……！」

「迷える我らを救いたまえ……！」

調圧水槽に集まった信徒たちの持つザクロロックシードが一際紅く、強烈な光を発した。

いまこの瞬間、ザクロロックシードを通じて彼らの想いはひとつとなった。

狗道供界の見る世界を、彼らは共有していた。

彼らは狗道供界であり、そして世界そのものだった。全知全能ともいえる領域に至り、彼らはいまだかつてない法悦に包まれた。

そして――彼らの肉体は消滅した。だがその精神は高次元のエネルギーとなって、セイヴァーシステムに宿るのだ。

救世主の機械《デウス・エクス・マキナ》が起動する。

この日。

沢芽市は『菩提樹』に呑まれた。

第四章

1

それは在りし日のユグドラシルタワーのように、沢芽市を睥睨《へいげい》していた。

地下放水路を突き破り、天を衝くように聳《そび》える、巨大な菩提樹《ぼだいじゅ》。

その姿はかつてオーバーロードに占拠され、ヘルヘイム植物に覆われたタワーを彷彿《ほうふつ》とさせた。

かつての悪夢を思い返し、沢芽市の人々は不安に震えるのか。恐慌をきたすのか。

どちらでもなかった。

ヘルヘイム侵食。メガヘクス侵略。沢芽市を襲う三度目の大災厄を、しかし気に留める者は誰もいない。

——沢芽市の全市民は、ザクロロックシードに操られた人々同様、トランス状態に陥ったのだ。

「終末の時は来たれり……」

ひとりの青年がゆらゆらと身体を揺らしながら、大通りを徘徊《はいかい》している。

その瞳は他の人々と同じく虚《うつ》ろで、心ここにあらずといった感じだ。

「迷える我らを……救い……」

「バッカモーン！」

……タライが落ちてきた。

頭を打ち、崩れるように倒れる青年。

倒れた青年を、巨漢の男が呆《あき》れたように見下ろしている。

「まったく……修行が足りないんでなくて？　ほら、メロンの君《きみ》からアンタの分のドライバーを預かってるわよ」

男が戦極ドライバーを、倒れた青年の腹部にあてがった。バックルからベルトが出現し、戦極ドライバーは青年の腰元で固定される。

「痛てて……あれ？　凰蓮さん？　いつ戻ってきて……って言うか俺、いったいどうなって……」

正気に戻った青年――城乃内秀保が周囲をきょろきょろと見回していた。どうやら自分の身に起こったことを理解していないようだ。

「ドライバーを外すんじゃないわよ。それがあれば、とりあえず狗道供界の支配から逃れられるわ」

そう言う巨漢の男——凰蓮・ピエール・アルフォンゾの腰にも戦極ドライバーが装着されている。

某国でのクーデター未遂、そしてネオ・バロンの一件以降、黒の菩提樹を調べるために忙しく飛び回っていた凰蓮だが、沢芽市の危機を知らされ戻ってきたのだ。

「何だかよくわからないですけど……とんでもないことになってますね」

城乃内は聳える巨大な菩提樹を苦い顔で見上げながら言った。

「ええ、そのことについて話し合うから、アンタも来なさい。その前に……」

無数の羽音と共に、イナゴの群れが二人の元に飛んでくる。

イナゴの群れがイナゴ怪人に変わるのを見て、城乃内は露骨に不機嫌な表情になった。

「昔、アレとそっくりなのに、ボコられたんですけど……」

「どうやら洗脳されていないワテクシたちが目障りのようね」

そう言って凰蓮は、城乃内にロックシードを投げて寄越した。ロックシードを確認した城乃内に笑顔が浮かぶ。

「おおー！　これドングリの！　よっしゃ！」

城乃内がドングリロックシードを、凰蓮がドリアンロックシードをそれぞれ構え、裂帛《れっぱく》の気合と共に叫ぶ。

「変身！」

舞い降りてきたアーマーに包まれていく感覚。城乃内にとっては久しぶりのものだ。

アーマードライダーとして戦った日々は過酷だった。胸が苦しくなるような記憶もたくさんある。

だがそのすべてが愛《いと》しいと思うのもまた、偽らざる本当の気持ちだった。

『ドングリアームズ！　ネバーギブアップ！』

鍛えに鍛え抜かれた城乃内の闘魂を宿すその姿は、不撓《ふとう》不屈《ふくつ》の重闘士アーマードライダーグリドン！

『ドリアンアームズ！　ミスターデンジャラス！』

凰蓮もまたブラーボに変身し、グリドンの隣に並び立つ。

「さぁて、さっさと片付けるわよぉ！」

「はい！　ここで会ったが百年目！　パティシエの力思い知れ、オラァ！」

アーマードライダーの師弟コンビがここに復活したのだ。

2

地下放水路での戦いから一日が経った。

セイヴァーシステムの起動により、立坑内にあの菩提樹が出現、急速に成長していった。

何とか難を逃れた貴虎と光実が見たものは、街を見下ろすほどに巨大化した菩提樹と、虚ろな表情でさまよう人々だった。

あの菩提樹はどうやらザクロロックシードと同じ効果を、極めて広範囲に広げるもののようだ。ビートライダーズの仲間たちも無論、その影響から逃れることはできなかった。

ただ戦極ドライバーを持つ貴虎、光実、ザック、そして凰蓮はいまのところ無事であった。元々戦極ドライバーはヘルヘイムの環境に対抗するためのシステムだ。おそらく、あの菩提樹はヘルヘイムの力を用いている。ならば戦極ドライバーには菩提樹の影響が及ばないのだろうと貴虎は分析していた。事実、かつて駆紋戒斗がヘルヘイムに感染した際、ゲネシスドライバーを用いて病状の進行を抑えていたことがあった。

いま、チーム鎧武のガレージには貴虎と光実、ザックたちが集まっている。

中にはチャッキーたち、他のメンバーの姿もある……だがみんな光のない瞳で、何もない虚空を見つめるだけだ。

その様子を見つめる光実は、怒りと苦悩が混ざった表情を浮かべている。

「そんな顔するな、ミッチ。とりあえずいまのところは大人しくしている。まだ大丈夫なはずだ」

光実の肩に手を置き、励ますザック。だがそれは自分に言い聞かせているようでもあった。

「でも、いつどうなるか……もし地下にいた人たちみたいなことになれば……！」

「問題はそこだ。狗道供界の最終的な目的は何だ？」

ひとり思案に暮れていた貴虎が疑問を口にする。

「目的って……沢芽市のみんなを洗脳することじゃないのかよ？」

「そんなことをして何の意味がある？」

「そりゃあ、その、アレだ……何だろうなぁ？」

「狗道供界は救済だと言っていた。かつての自分と同じ、進化の祝福だとも」

「……何だ、そりゃ？」

「……自分と同じ？　ロックシードの実験で死んだ自分と？」

何か引っかかることがあるのか、光実もまた考え込む。

「J'ai une question《ジェ・ユヌ・ケスチョン》!　アイツは本当に狗道供界なの？　あり得ないはずじゃなかったかしら？」

言いながら入ってきたのは凰蓮と、疲れ切った様子の城乃内だった。

城乃内の姿を認めて、ザックの表情が明るくなる。

「城乃内！　正気に戻ったか！」

「うん、まぁ……その後、ちょっと大変だったけど……」

「まったく……あの程度の相手に手こずるなんて。だいぶなまったんじゃなくて？」

「いや、でも最後はちゃんと決めたでしょ⁉　俺のドンカチでプチッと！　虫のように！」

「はいはい、話を戻すわよ。それで……どうなのかしら、メロンの君」

「うむ、理不尽な話だが……奴は確かに以前に戦った、狗道供界と同一人物だ。そう断定せざるを得ない」

「じゃあ野郎、マジで幽霊なのかよ……」

ザックの呟《つぶや》きを、光実は首を横に振って否定する。

「いや、あいつには実体がある。僕たちだって実際戦ったじゃないか」

「でも何度倒しても甦《よみがえ》ってくるんだぜ？」

「鍵はきっと、狗道供界が被験者になった最初のロックシード実験だ。それを調べれば……」

貴虎もまた光実と同じ結論なのだろう。頷《うなず》き、光実の言葉を受け継ぐ。

「だがあの実験はユグドラシルの記録からは抹消されている。もし詳しく知る者がいるとすれば……」

そこで一度、言葉を句切る。様々な想いが貴虎の中を通り過ぎていく。

少しの間があって、貴虎はその名を口にした。

「……凌馬だ」

世界的な大企業としてのユグドラシルは既に存在しない。

ユグドラシルタワーも解体され、戦極凌馬の研究室も当然その時に消滅している。

膨大な資料や実験データは、貴虎が処分したことになっている。世に出回るには危険すぎるものが多いためだ。

しかし実際には、戦極凌馬に関する資料は極秘裏に回収され、貴虎が厳重に保管している。

いま、呉島邸に集まった一同の前には戦極凌馬がかつて使用していたパソコンがあった。回収してから長い時間をかけて、何とかセキュリティを突破したものだった。

しかしいま、リンゴロックシードの起動実験に関係があると思われるデータフォルダを見つけ、開こうとしても……。

「駄目だ。どうやってもロックを外せない……」

ため息をつく光実。ありとあらゆる手段を試してみたが、まったく成果はなかった。

「やはり我々の手には負えんか……」

あの凌馬が簡単にハッキングを許すはずもない。ふりだしに戻ったか……と貴虎が諦めかけたその時だった。

『やあ。このファイルにアクセスしたということは、狗道供界がまた現れたのかな？』

「凌馬⁉」

突然、ディスプレイ上にウィンドウが開き動画が再生される。

映っているのは他の誰でもない、戦極凌馬だった。

『この動画を見ている君はいったい誰かな？　光実君か、もしかしたら貴虎か……ま、どっちでもいいか』

「これはどういうことだ⁉」

「わからない……勝手に再生されて……」

こちらからの操作は一切受けつけない。動画の中の凌馬は語り続ける。

『これは万が一に備えて仕込んでおいたプログラムだ。私がいなくなった後の世界がどうなろうと知ったことじゃないが……あの三流が大きな顔をしているなら、少々不愉快だ』

「驚いたな……」

貴虎も光実も、戦極凌馬の用意周到さに驚愕《きょうがく》する。

しかもこのファイルに触れるものが光実か貴虎だろうということまで予測していたのだ。

『まず結論から言おう。狗道供界はオーバーロードだ』

オーバーロードという単語に一同は言葉を失った。動画の中の凌馬は続ける。

『正しくはオーバーロードに近い存在だ。彼はリンゴロックシードの起動実験で肉体を失い、純粋なエネルギー体となった。彼はもはや物質的な制約を受けない。神出鬼没に現れ、何度でも復活するのはそういう理屈だ』

その説明を聞いて光実は、高司舞を思い出す。

チーム鎧武の仲間。光実にとって憧れだった女性。彼女は数奇な運命により、オーバーロードの王ロシュオから黄金の果実を与えられた。

黄金の果実を狙う戦極凌馬の手によって彼女は命を落とす。しかし肉体を失ったその存在は、黄金の果実の行く末を見届ける者、『始まりの女』となった。

『始まりの女』となった彼女は空間に囚《とら》われず、時間さえも遡った。供界もまた彼女と同等の存在だと言うのか。

……彼女のことを思い出すたび、光実の胸はいまだに締め付けられるような痛みを感じる。それは生涯変わらないだろう。いや、変わってはいけないのだ。それこそが自分の負った罪なのだから。

そして何度でも誓うのだ。舞と紘汰、二人から託された世界を守るのだと。本物のヒーローになるのだと。それだけが自分にできる唯一の償いなのだ。

相手が何者であったとしても、たとえ神の如《ごと》き存在であったとしても、その誓いは変わらない。

何としても狗道供界を止めなければ。光実は凌馬の動画に集中する。

『だが彼は非常に希薄な存在だ。本来ならば物質世界に干渉することはできない。そう、狗道供界はまさしく幽霊なのだ。彼が実体を得ている要因はひとつ、彼のドライバーだ』

「あの奇妙なドライバーが？」

貴虎はセイヴァーとの戦いを思い出す。あのシステム自体はゲネシスドライバーの試作型であり、戦極ドライバーの拡張ユニットであるゲネシスコアに酷似している。だが……。

『もちろん私の作ったものではない。彼と戦った時、ゲネシスドライバーはまだ未完成だった。あれは存在するはずのないシステムだ』

ゲネシスコアだけではない。セイヴァーの使う黒いソニックアロー。あれもまた凌馬が開発する前に存在していたものだ。

『狗道供界があのシステムをどうやって手に入れたかは、私にもわからない。仮説ならあるんだけどね。例えば並行世界……あ、いや、話が逸《そ》れたな。とにかくあのドライバーが、肉体を失った狗道供界の存在を支えているんだ』

「要するに奴のドライバーをぶっ壊せばいいんだな」

狗道供界を倒す可能性が見えて、ザックが気合を入れる。幽霊が相手では手の出しようがないが、殴って倒せるのならばいくらでも勝算はある。

『私もあのドライバーを破壊した。再び甦ったというのなら、たぶんザクロロックシードで黒の菩提樹の信者を操って、新たなドライバーを造ったんだろうね。ご苦労なことだ』

新たなドライバーを作り出すには膨大な資金と時間が必要だったはずだ。世界各地に存在する黒の菩提樹は、供界を復活させるために作られた組織なのかもしれない。

『そのザクロロックシードだけどね。あれは所有者を、狗道供界の精神と同調させるための装置だ。実にくだらない！　彼はザクロロックシードを使って、あの実験を再現するつもりなのだ』

「実験の再現だと？」

凌馬の話は供界の目的について触れようとしていた。

欠けたピースが埋まり、全容が見えてくる予感を貴虎は感じていた。

『戦極ドライバーを開発するため、私が最初に行ったのは黄金の果実の存在を確かめることだった。リンゴロックシードによって、擬似的な黄金の果実を再現しようと考えたのさ。理論通りにリンゴロックシードが機能すれば、すなわち黄金の果実は実在することが証明される。結果はまぁ、知っての通りさ』

最初の起動実験でロックシードは暴走し、狗道供界は死亡する。少なくとも人間としては。

『オーバーロードと化した狗道供界は、このまま神になれるとでも勘違いしたんだろう。そのために彼の考えそうなことはひとつ……リンゴロックシードの理論を押し進めることだ』

「……俺、話についていけないんだけど」

城乃内が思考を放棄した。凰蓮は沈黙しているが、その呆《ほう》けた表情から察するに城乃内と大差ない状態だ。ザックにいたっては、もはや敵を殴ることしか考えていない。

貴虎と光実だけが、凌馬の話す内容の深刻さを理解しつつあった。

『狗道供界の目的は、自らの手で黄金の果実を創り出すことだ』

「……!?」

黄金の果実。それを手にした者が進化の担い手として神の力を手に入れる――葛葉紘汰がそうであったように。

だが葛葉紘汰は人類の世界を破壊しての進化を選ばなかった。自らヘルヘイムのすべてを引き受けて、遠い星へと去ったのだ。

しかしいま、狗道供界は黄金の果実を創り出し、新たな神になろうとしている――。

『馬鹿馬鹿しい。あんな奴が神になどなれるものか。たとえ黄金の果実を人工的に創り出したとしても、所詮は模造品。進化の根源たる黄金の果実そのものには遠く及ばない。金メッキみたいなものだ』

動画の中の凌馬が毒づいた。まるでこちらの考えを読み取っているような反応で、録画済みの動画とは思えないほどだ。

『狗道供界はほんの少しだけ上からの視点を手に入れただけだ。そんなものは神ではない。ねえ、ここでいう神の定義は何だと思う？』

そう問いかける凌馬の表情に、貴虎は出会ったばかりの頃の彼を思い出す。目を輝かせ、新たな理論について朝まで語り続ける、あの純粋な探求者を。

『それはね、新たな世界を創り出すものだ。狗道供界にはその思想がない。何の可能性もないんだ』

戦極凌馬は、邪悪な人間だ。他者の生命を蹂躙《じゅうりん》し、未来を奪うことに何の躊躇《ちゅうちょ》もない人間だ。

そんな人間が、しかし遥《はる》か未来を夢想していた。新世界の創造を。

『狗道供界は神でも救世主でもない――意味のない、空っぽの幽霊なのさ』

3

皆が皆、同じ動作、同じ歩調で、同じ方角へと。

沢芽市の全市民が、一斉に動き出した。

不気味なほどに整然と、一糸乱れぬ動きで進む人々の群れ。

向かう先はそう、沢芽市を見下ろす巨大な菩提樹の下だ。狗道供界の次なる計画が動き出したのだろう。

だがその時、菩提樹のいたるところで爆発が連続した。爆炎が葉や枝に燃え移り、菩提樹を赤く染める。

菩提樹の周囲を、丸みを帯びた飛行体が飛翔《ひしょう》している。飛行体は巨大な手の指先から砲弾を発射し、菩提樹を攻撃している。

スイカアームズ・ジャイロモード。乗り込むのはアーマードライダー斬月だ。

スイカアームズを運用するため、貴虎はゲネシスドライバーではなく、戦極ドライバーを使用していた。

イナゴの群れがスイカアームズにまとわりつく。だが別の方角から飛来するビームがイナゴの群れを焼き払っていく。

「兄さん！　支援なら任せて！」

「ああ、助かる！」

ダンデライナーに乗る龍玄の支援攻撃だった。さらにダンデライナーは斬月 スイカアームズと共に、菩提樹をビームで攻撃し続ける。

さらに増え続けるイナゴの群れを迎え撃つため、大きな枝の上に着地するスイカアームズ。

イナゴの群れは十数体のイナゴ怪人になって、斬月に襲いかかる。

『ヨロイモード！』

スイカアームズが飛行用のジャイロモードから、巨大な強化装甲であるヨロイモードに変形した。

鎧武者の巨人と化したスイカアームズは、手にしたスイカ双刃刀《ソウジントウ》を薙刀《なぎなた》のように振り回し、迫り来るイナゴ怪人を次々と斬り捨てていく。

菩提樹の下でもブラーボ、グリドン、ナックルの三人がイナゴ怪人たちと戦っていた。

この菩提樹が何なのかはいまだにわからない。だが供界の計画に関わっていることは確かだ。

計画を妨害するには菩提樹を攻撃すればいい。そうすれば供界もまた、姿を現すはずだ。

アーマードライダーによる空中、地上両方からの反撃が始まった。

『ドングリスパーキング！』

アーマー展開前のドングリを頭部にはめたまま、グリドンがイナゴ怪人に向かって真っ直ぐに飛んでいき、もろともに爆発した。

「ど、どうだ！　思い知ったか、このバッタ野郎！」

目を回し、よろよろと立ち上がりながらも強がる城乃内。見渡せば、周囲にはイナゴ怪人の姿はなくなっていた。

「いまのでラストか？」

「すぐに増援が来るわ。油断するんじゃないわよ」

凰蓮の言葉は正しかった。菩提樹から地上に向けて、木の実のようなものが発射された。

地上に落下した無数のそれは、三人の目の前で、新たな異形の生命体に変貌する。

「新手か！」

イナゴ怪人とは別種の異形だった。その身体の質感は植物に近い。

全身から蔓《つる》を生やしたその姿は、例えるならば二足歩行するウツボカズラといったところか。

「KWAAAA……！」

唸《うな》り声を上げながら、ウツボカズラ怪人たちは鋭い爪を伸ばし、襲いかかってくる。

「いくら来ようが同じことだ！」

連戦の疲れも見せず、果敢に挑みかかるアーマードライダーたち。第二ラウンドの幕が切って落とされる。


空でもまた異変は起きていた。

イナゴ怪人を殲滅《せんめつ》し、再びジャイロモードに変形して菩提樹を攻撃し続ける斬月　スイカアームズと、龍玄のダンデライナー。

その二人を取り囲むように中空に無数の花びらが舞った。

「何だ、これは……クッ⁉」

スイカアームズが花びらに触れたその瞬間、爆発が起こる。

爆風が他の花びらを巻き込み、さらに爆発。連鎖する爆発が二人を襲った。

龍玄はダンデライナーを加速させ、何とか爆風から逃れるが、巨体であるスイカアームズは爆発を回避する術《すべ》がない。

「兄さん⁉」

「……心配するな。何とか無事だ」

しかしいまの爆発で動力系に大きなダメージを受けてしまった。いったいいつまで保《も》つことか――決着を急がなくてはいけない。

「無駄だ。あなたたちに私の救済は止められない」

　虚空に狗道供界の声が響く。

「どこにいる、狗道供界！」

　ダンデライナーを走らせながら、光実が叫ぶ。応えるように今度は電子音声が、二人の頭上より響き渡った。

『邪ノ道オンステージ！』

　菩提樹の頂点。巨大な華の蕾《つぼみ》があった。

　声に合わせて蕾が開く。この世にあり得ぬ異界の華が狂い咲く。

　華の中心には、菩提樹と融合した紅きアーマードライダーの姿があった。

　蓮華座《れんげざ》に坐《ざ》す覚醒者の如きその姿は、終末世界をもたらす大天魔――蓮華座偽神《ギシン》セイヴァー！

「……狗道供界！」

「セイヴァーシステムはここに成就する。救済の時が来るのだ」

「救済……黄金の果実を創り出し、お前が神になることか？」

「真理に到達したようだな、呉島貴虎よ」

　仮面の奥から聞こえる供界の声にはわずかな、しかし隠しきれない優越感の気配があった。

「私は葛葉紘汰のように人類を見捨てない。ヘルヘイムの森より追放された七十億全人類を、私がこの掌で救ってみせよう」

「ふざけるな！　紘汰さんはすべてを背負って、僕たちを救ってくれた！　紘汰さんが守った平和を、お前は……！」

供界の言葉を紘汰に対する侮辱と受け取った光実が、怒りの声を上げる。しかし供界は意に介さない。

「ヘルヘイムとは進化の祝福だ。だが葛葉紘汰の行動により、人類は進化の機会を永遠に失った。もはや人類はゆるやかな滅びを待つしかない」

供界の声は徐々に昂揚《こうよう》していく。法悦に満ちた供界に、もはやかつての冷静さはない。

「だが私は必ずや人類を究極の進化へと導いてみせる！　ヘルヘイムに選ばれし沢芽市全市民のエネルギーがあれば、黄金の果実は実を結ぶ！　人類は永遠の安寧を得るのだ！」

貴虎と光実は地下放水路で起きた出来事を思い返す。ザクロロックシードに支配された人々が肉体を失い、セイヴァーシステムを動かすエネルギーに変えられたことを。

「させるものか！　私は何度でも誓おう！　世界を蝕《むしば》む悪意には決して屈しないと！」

「この街は、僕たちの街だ！　お前の好きにはさせない！」

斬月　スイカアームズが、龍玄のダンデライナーが、蓮華座のセイヴァーに向けて突撃する。

菩提樹から伸びる無数の蔓が、爆発する花弁が、二人を迎え撃つ。

「光実！　下がっていろ！」

スイカアームズがダンデライナーの前に出た。回避行動は取らない。指先から砲弾を撃ちながら、一直線にセイヴァーを目指す。

撃ち尽くす砲弾。蔓がスイカアームズの装甲をえぐり、花弁が爆発し、機体の至る箇所から火が噴き出る。それでも斬月は止まらない。

「無謀だな、呉島貴虎！」

「あいにく無謀ではない戦いというものを知らなくてな！」

もはや大破寸前のスイカアームズをさらに加速させる。積み重なるダメージにエンジンが断末魔の悲鳴を上げる。

だがセイヴァーは目前。ついに間合いにとらえた。

スイカアームズは中空でヨロイモードに変形。そのまま一気にスイカ双刃刀を振り下ろす――！

「残念だったな」

嘲笑《あざわら》うセイヴァー……双刃刀はセイヴァーの眼前で止まった。

無数の蔓がスイカアームズを四方から貫いていた。斬月捨て身の一撃は寸前のところでセイヴァーには届かなかったのだ。

限界を超えたスイカアームズがついに大爆発を起こす。放り出された斬月もまた爆炎に呑《の》み込まれ……。

「まだだ！」

爆炎を引き裂いて、翡翠《ひすい》の色を持つ鋼板《はがね》が飛び出した。

メロンディフェンダー。

鉄壁の盾であり、重量を利用した近接武器にも巨大な投擲武器《とうてきぶき》にもなる、斬月のアームズウェポンだ。

飛翔するメロンディフェンダーの上に斬月の姿はあった。

足場にしたメロンディフェンダーを操り、斬月は爆炎から身を守る——否、それどころか爆風に乗ってさらに加速する。それは言うなれば、爆発の勢いを利用した空中での波乗り《サーフィン》だった。

再びセイヴァー目がけて突撃しつつ、斬月はロックシードの鍵《ロック》を開ける。

『メロンエナジー！』

「何だと⁉」

斬月の戦極ドライバーは、ゲネシスコアによって拡張されていた。これは斬月・真のゲネシスドライバー——元はメガヘクスによって複製された戦極凌馬が使用していたものだが——から取り出したものだ。

斬月はメロンエナジーロックシードをゲネシスコアに装着する。

『ミックス！』『メロンアームズ！　天下御免！』

『――ジンバーメロン！　ハハッー』

さらなる装甲《アームズ》が斬月を鎧《よろ》っていく。

降臨したる天下無双の鎧武者――眩《まばゆ》く輝くその姿は、アーマードライダー斬月　ジンバーメロンアームズ！

「呉島貴虎ァ！」

舞い散る花弁が花吹雪となり、連鎖する爆発が炎の竜巻となって、斬月に襲いかかる。

力場の変動を関知したメロンディフェンダーが電磁シールドを展開。

斬月は足場にしたメロンディフェンダーに身を委ね、炎の竜巻を突き抜ける。

その先、ちょうど直線上に異界の華と融合したセイヴァーの姿があった。

「これで終わりだ、狗道供界！」

貴虎の叫びと共にソニックアローが放たれる。光の矢は吸い込まれるようにセイヴァーの腹部に――戦極ドライバーに突き刺さった。

「……馬鹿な！」

破壊された戦極ドライバーを呆然《ほうぜん》と見つめるセイヴァー。

そこに翡翠色の盾――メロンディフェンダーを利用した斬月の一撃が迫る。

『メロンスカッシュ！』『ジンバーメロンスカッシュ！』

メロンディフェンダーが生み出す力場が、メロンにも似た形状のエネルギー体と化した。

斬月はメロンディフェンダーを力の限り蹴り飛ばす。

エネルギーをまといながら飛来するメロンディフェンダーが、セイヴァーを完膚無きまでに粉砕した。

セイヴァーの蓮華座が、異界の華がみるみる散ってゆく。

空での戦いは、地上で戦う三人からも確認することができた。

爆発するセイヴァーと散ってゆく華を見て、グリドンたちが歓声を上げる。

「やった！　やりましたよ凰蓮さん！」

「素敵よー！　メロンの君ー！」

「あとはこいつらを片付ければ……！」

残ったウツボカズラ怪人を倒すため、身構えるナックル。だがその時、奇妙な光景をその目にする。

それは菩提樹の下に集まってきた沢芽市の住人たちだ。

通りという通りを、大勢の市民が埋め尽くしている。その全員が菩提樹を見上げて、呆然と佇むばかりだった。その瞳には相変わらず意思の光は宿っていない。

「狗道供界は倒れたのに、まだ洗脳が解けてないのか？」

「……何だか嫌な予感がするわね」


空中に放り出された斬月を、ダンデライナーで駆けつけた龍玄が受け止めた。

眼下には、ほとんどの花びらを失い、萼《がく》だけを残したセイヴァーの蓮華座が見える。

「これで終わりだよね、兄さん……」

「ああ、奴のドライバーは確かに破壊した。今度こそ狗道供界を倒したはずだ」

「——そうだ、終わりだ。そして始まりでもある」

「……!?」

萼だけになった蓮華座の上。

その姿は霞《かすみ》の如く朧《おぼろ》気《げ》だ。しかし間違いなく狗道供界だった。

「馬鹿な！　ドライバーを失ったお前は、自分の存在を保てないはずだ！」

「その通りだ、呉島貴虎。あのドライバーこそが私を現世に留める楔《くさび》だった。だがもう必要ない、い」

「……必要ないだって？」

聞き返す光実に、供界は微笑む。それは酷く穏やかで――おぞましい微笑。

「そう、進化した人類にこの世界は必要ない。いまこそ人類は肉体の束縛から逃れ、繰り返す生命の輪廻《りんね》から解放される……！」

「まさかお前のいう進化とは……！」

供界の真意に気づいた貴虎の声は震えていた。供界の微笑はもはや、裂けた石榴《ざくろ》の亀裂のような笑みに変わっていた。

「七十億全人類が私と同じ存在になる。生死を超越した存在――真のオーバーロードに」

嗤《わら》う供界が黄金の光を放つ。

目も開けられないほどの眩い光が、斬月と龍玄を呑み込んでゆく。

「この菩提樹の下、全人類が悟りを得るのだ！　救済の時は来た！　私が――この狗道供界こそが救世主だ！」

「そんな……」

変身の解けた城乃内が、その場に膝をついた。

三人の周囲、菩提樹を見上げる人々が肉体を失い、光となって昇ってゆくのだ。

「……俺たちは間に合わなかったのか？」

ザックもまたその光景を為す術もなく、見上げるばかりだ。

光となった人々は菩提樹の頂上――狗道供界の元へ集まっていく。

やがて輝く狗道供界の姿が、形を失った。

人々の光と融け合い、蓮華座の萼に、新たな存在として結実する。

それは女神イドゥンの果実。それは不死の果実アンブロシア。それはエデンに実った禁断の果実……。

「……黄金の果実」

呆然と呟く凰蓮の姿が少しずつ光になって崩れていく。否、凰蓮だけではない。ザックや城乃内も同じだった。

完成した狗道供界の救済を前にして、もはや戦極ドライバーの防護も無意味だった。

「……こんなところで、おしまいかよ！」

無念の叫びはどこにも届かない。すべては光になって砕けていく。

そして沢芽市から、人が消えた。

それはまもなく地球全体に及ぶだろう。

狗道供界の人類救済はついに成就したのだ。

……本当に、？

4

まずは、色彩が。

あらゆる色彩が、彼を呑み込んだ。

そして、あらゆる感覚が。音が。においが。皮膚感覚。内臓感覚——否、すべて。あらゆるすべてが押し寄せてくる。

あらゆる、すべてがない交ぜとなって混沌《こんとん》としたまま、嵐のように彼を打ちのめす。

それは永遠に等しい時間であり——だが一瞬、刹那でもあった。

無限の極彩色が、やがて形を得る。最初は色彩の爆発に過ぎなかったそれは、無数の光景であることを彼は知る。

その理解と共に、感覚の洪水が意味を得る。彼はすべてを悟る。

いま、彼が目にしているものは——感じ取っているものは『世界』だ。あらゆる時間の、あらゆる空間が、彼の前に広がっているのだ。

だが、そこに歓喜があるはずもなく。

崩れそうな自我を必死に繋《つな》ぎ止めながら、彼は三千世界を流されてゆく。

無限に広がる無数の世界。そしてそのすべてで、それぞれの歴史が輝いているのだ。

無数の世界の、無数の物語。そして——無数の悪意と敵意もまた。

殺戮《さつりく》を遊戯とする邪悪なるものがいた。神の御使いの如きものがいた。魔物を使役し、殺し合う者たちがいた。

ヘルヘイムとは違う進化に至ったもの。不死なるもの。人を喰《く》らう魑魅魍魎《ちみもうりょう》。人間に擬態する地球外生命体《エイリアン》。歴史改変を目論む魔人。吸血鬼の如きもの。

さらには地球の記憶を宿すもの。欲望の化身。宇宙のエナジーを享《う》けたもの。絶望より生ずる幻魔。百八体の人工生命体——。

彼の前で繰り広げられる無数の世界の、無数の物語は、悪意と敵意を鎖として、ひとつの命題によって繋がっている。

すなわち、戦い——戦いだけは変わらない。

「命とは生と死の輪廻だ。世界とは破壊と再生の流転だ。終わりのない地獄だ。我々は円環の牢獄《ろうごく》に囚われている」

声が、聞こえる。

声は迷える衆生を救済する聖者のように、彼を真理へと導く。

「愛は失われる。憎しみに囚われる。伸ばした手は届かない。あるのはただ苦しみばかり――だが私は、我々人類はそれを超克する。肉体の檻《おり》から解き放たれ、精神は昇華し、三千世界とひとつになる。一にして全。全にして一。もはやあらゆる苦悩は存在しない。これこそが究極の進化なのだ」

――違う。

彼の中の何かが、聖者の語る真理の言葉を否定する。

それが何なのか、いまの彼にはわからない。彼の自我は酷く希薄で、いまにも世界に融けて消えてしまいそうだ。だが、それでもその『何か』――譲れない何か、大切な何かが、必死に抵抗していた。

彼の苦闘を、聖者は嘲笑う。

「違わない。それはあなたが一番よく知っているはずだ」

再び爆裂する色彩。荒れ狂う感覚。そして、静寂。

気づけば目の前に、何者かが立っていた。

白い影。鎧をまとった武人の如き姿。

「……兄さん？」

アーマードライダー斬月・真。

彼のよく知る者。だがそれならば……この強烈な敵意は何なんだろう？

はたして斬月・真の、殺意が込められた一撃が彼を襲った。

「どうしたんだ、兄さん⁉　僕のことがわからないの⁉」

辛うじて一撃を避けるものの、斬月・真はさらに猛攻を続ける。

――殺される！

生身のままで逃げ延びられるような、生半可な殺意ではない。

彼もまた変身して、斬月・真と向かい合う。

振り下ろされる渾身《こんしん》の一撃を、雄叫びと共に必死に打ち返す。

打ち返す。打ち返す。打ち返す。打ち返す。打ち返す……。

一歩でも退けば、自分は一撃の下に葬り去られる。

逃げるな。戦え。戦うんだ。戦わなければ生き残れない。

迷いは捨てろ。相手が誰であろうと、どんな犠牲を払おうと、勝てなければ意味はない……！

とどめを刺すべく斬月・真が、全身全霊を込めた必殺の一撃を放つ。

彼もまたありったけの殺意を込めて、敵を――。

「あ……」

斬月・真の一撃が、無情にも敵を斬り捨てた。
倒れる彼の前で、斬月・真は変身を解き、素顔をさらす。
「……兄さん、じゃない……？」
その男は冷たい目で、血の海に沈む彼を見下ろしている。
よく知っている顔だった。
「……僕だ」
彼自身が――呉島光実その人が、彼を殺したのだ。
否、違う。呉島光実が殺したのは、呉島光実ではなく。
「……兄さん」
視界が反転する。呉島光実はたったいま、殺した相手を見下ろしている。
呉島貴虎。彼の兄を。
……そうだ、そうだった。僕はこの手で身近な人々を――。
『冥界《めいかい》……黄泉《よみ》……黄泉……黄泉……！』
彼の姿が変わる。
瘴気《しょうき》漂うその姿は、逝きて還らぬ死《し》に装束《しょうぞく》――龍玄《リュウゲン》・黄泉《ヨミ》　ヨモツヘグリアームズ。
生々しい感触が、光実の手に伝わってきた。
――またひとり、誰かを殺《あや》めた。

手にした刃《やいば》で貫いたその先に、血に濡《ぬ》れたあの顔があった。
「……紘汰さん？」
葛葉紘汰が死ぬ。虫けらのように、何の価値もなく死ぬ。
葛葉紘汰の骸《むくろ》を置き去りに、龍玄は歩き出す。
刃を振るう。誰かが死ぬ。
刃を振るう。中には見知った顔もある。
刃を振るう。大切だった人たちがいる。
刃を振るう。一人、また一人。彼の周りの誰かが死ぬ。
刃を振るう。そのたびに彼は空っぽになっていく。
刃を振るう。そして。
刃を振るう。いま、目の前には。
刃を振るう。心臓をえぐられた、あの少女が。
「あぁ……！　あああああああああ……ッ！」
光実の悲痛な慟哭《どうこく》が、闇の中に響き渡る。だがそれを聞き届ける者は誰もいない。
振り向けばそこに、骸の山。
そこに残された血に汚れた足跡が、勝者の証だ。
そう、呉島光実は永遠に独りだ。誰も見つめる者はいない。

――彼の願いはどこにも届かない。

「それが命の本質だ。生きている限り、戦い続ける限り、あなたは殺し続ける。失い続ける」

泣き叫ぶ光実の元に、聖者の声が囁《ささや》きかける。

「ヘルヘイムは我々にもたらされた蜘蛛《くも》の糸だ。私の救済を受け入れよ。さもなくば、この世は永遠の地獄だ」

光実の視界が開ける。

不毛の荒野を埋め尽くすのは――『敵』だ。

かつて敵であったすべてだ。敵になる可能性を持つものすべてだ。

すなわち――この世のすべてだ。

この世すべての敵が光実に襲いかかる。迫る、地獄の軍団。

インベスの群れが。イナゴの怪人が。ウツボカズラの怪人が。

黒影トルーパーの軍勢が。ダンデライナーとチューリップホッパーの機動部隊が。無人稼働するスイカアームズが。

そしてオーバーロードたちまでもが。

オーバーロードの王ロシュオ。デェムシュ。グリンシャ。デュデュオンシュ。シンムグルン。そして……レデュエ。

コウガネと名乗った黒いアーマードライダーがいた。見覚えのない黄金のアーマードライダーがいた。

母星そのものを機械化した侵略者メガヘクス。そして。そして。そして――。

光実は敵に殺される。そのたびに「活きよ」と声が響き、彼は甦る。そしてまた殺される。

まさしく地獄だ。だがそれこそが命の真実なのだ。

影に呑まれ、闇に沈み、光実の存在は世界へと融けてゆく。


……闇の中に何者かの気配がある。

消えかけている光実の精神を、その何者かが繋ぎ止めていた。

いったい誰だろう？　光実の意識に疑問が生まれる。

何者かが答える。「通りすがりだ」と。

その答えで光実は、その正体を何となく察した。

――ああ、彼はきっと『英雄《ヒーロー》』だ。

誰しもが心の中に宿す、普遍的な元型《アーキタイプ》。力無き人々が理不尽な暴力を前に、ただ涙を流すしか術を持たない時——彼らは誰よりも速く『騎士《ライダー》』の如く駆けつける。

お前もまたそんな男を知っているはずだ。

——そう、知っている。たとえ僕という存在が消えてなくなろうと、きっとその人のことだけは忘れない。

そして、お前もまた騎士《ライダー》のひとりだ。誓ったはずだ、英雄《ヒーロー》になるのだと。

——だけど僕は相変わらず無力のままで……。

挫《くじ》けるには早すぎる。お前はまだ旅の途中だ。誰もが自分と戦い、歩き続ける。

その一言に、光実は、かつての彼の、あの言葉を思い出す。

「……馬鹿だなミッチ。お前、いま幾つだよ？　この先どれだけ長く歩くか、わかってるのか？　それに比べりゃ全然たいしたことないって」

世界に融けて消えそうな光実の心に、火が宿った。彼の中で『英雄《ヒーロー》』が燃えていた。

通りすがりの『ライダー』が告げる。

さあ、もう一度世界に目を向けろ。無数の世界の、無数の物語。だがそこにあるのは何も悪意だけじゃない。

そして光実の前にまた『世界』が広がってゆく。

究極の闇に抗《あらが》いながら戦った戦士がいた。創造主から人の運命を取り戻す戦士がいた。

自らの命を捨ててまで、争いを止めようとした戦士がいた。

夢を守るために戦った戦士がいた。世界と友の両方を救うため、運命と戦い続ける戦士がいた。鍛え抜かれた鬼の戦士がいた。

超加速し、時間の狭間で戦う戦士がいた。時の列車で時間を駆ける戦士がいた。人と魔のハーフとして生まれた戦士がいた。

二人で一人の、探偵にして戦士がいた。どこまでも届く腕を求めた戦士がいた。多くの友と青春を生きる戦士がいた。

希望の魔法使いである戦士がいた。スーパービークルを駆る、刑事にして戦士がいた。

無数の世界の、無数の物語。そのすべてで戦いは起こるのだろう。無数の悲嘆と苦痛に満たされるのだろう。

だが、それでもこの世は地獄ではない。世界の守り手たる彼らがいる。ヒーローたちがいる。そして、誰の心の中にもヒーローはいる。

——誰だってヒーローになれる。

いまや呉島光実は、自分が何者であるかを完全に思い出した。

手の中に硬い感触。そこには見慣れたロックシードが握られていた。

鍵《ロック》を開く。夜明けへと続く道を開くための鍵を。

闇を裂いて、若き龍が道を往く。

5

覚醒した時、眼下には沢芽市が広がっていた。

だがそれは彼の知る沢芽市ではない。街は巨大な菩提樹の根に呑まれ、建物は幾百年の時を経たように朽ち果てている。

その光景はヘルヘイムに呑み込まれたフェムシンムの遺跡を連想させた。

そして何より、動くものの気配がない。人間はおろか、鳥も野良犬、野良猫も、それどころか鼠《ねずみ》一匹、虫一匹さえ。

それは緑に包まれながらも、完全に死んだ世界の光景だった。

光実は直感する。これが狗道供界の言う救済なのだ。

究極の進化を唱えながら、命の存在そのものを否定する偽りの救世主。

いま、目の前にこの光景が広がっているということは……自分は結局、間に合わなかったのか？

——いや、違う。ここは本当の沢芽市じゃない。

空を見上げる。そこには太陽の代わりに、巨大な蓮《はす》の華が輝いていた。

これは可能性だ。世界には無数の可能性があって、それらが交わる時、このような幻が生まれる時があるのだ。

言うなれば、ここは狗道供界の見る夢の世界。狗道供界の描く虚ろな理想郷《ディストピア》。

「……何故だ、呉島光実」

塔の如く聳える菩提樹の下、呉島光実と狗道供界は対峙《たいじ》する。

狗道供界の表情にかつての静かさはない。その瞳は、理解できないものに対する畏怖に震えていた。

「世界に融けたあなたが、私の意識とひとつになったあなたが、どうしてそこまで強力な自我を保つことができるのだ？」

「お前の思想なんかより、ずっと確かなものを知っているからだ」

強く断言し、構えたロックシードを解錠する。

『ブドウ！』

諦めないという誓いを込めて、叫ぶ。

「変身！」

ロックシードを戦極ドライバーに。そこは丹田《たんでん》だ。すべての気を生み出す器官だ。

『ロックオン！』

戦士を鼓舞するように、戦極ドライバーが戦いの雅楽を奏でる。

カッティングブレードを振り下ろす。英雄《ヒーロー》のための武具をこの世界に召喚する。

『ブドウアームズ！　龍・砲！　ハッハッハッ！』

光輝をまとって現れた龍玄の姿に、一瞬、狗道供界が怯《ひる》んだ。己の中に芽生えた恐怖を否定するように、ありったけの怒りを込めて叫ぶ。

「貴様ひとりに何ができる！　呉島光実ッ！」

供界がかざした掌に、黄金に輝く果実が顕現した。

無数のクラックが開き、イナゴ怪人とウツボカズラ怪人が次々と現れる。

「私は黄金の果実を手にした！　否、私こそが進化の根源、黄金の果実そのものだ！　もはや如何《いか》なる手段を用いても、私を滅ぼすことはできない！」

怪人の軍勢にただひとり、戦い続ける龍玄。

「何故、私の救済を拒む？　闘争という地獄に身を委ねる？」

「命そのものを諦めるくらいなら、僕は戦い続ける未来を選ぶ！」

『ブドウスカッシュ！』

龍玄の両脚にエネルギーが集中する。跳躍からの必殺キック——龍玄脚《リュウゲンキャク》。

迫り来る怪人たちを飛び越えて、ただ一直線に狗道供界を狙う——！

「殺戮に魅入られたか、呉島光実。裏切りを繰り返し、闘争の種をまいた者よ。貴様の魂は穢《けが》れている」

再び供界が掌をかざし、黄金の果実が光を放つ。

龍玄と供界の間に現れた何者かが、降下する龍玄に立ちはだかる。

『レモンエナジー！』

何者かが放った強烈な一撃が、龍玄のキックを弾き飛ばす。龍玄は体勢を崩しつつも、何とか着地する。

敵と向かい合い、その姿を見た龍玄は思わず驚愕の声を上げた。

「お前は⁉」

琥珀《こはく》に輝く貴人の如きその姿は、不遜なりし支配者——アーマードライダーデューク。

「……戦極凌馬？」

「黄金の果実となり、世界とひとつになった私に不可能はない。貴様が無限の闘争を望むなら、あらゆる敵を創り上げてみせよう」

無言のままデュークが放つソニックアローの矢を、龍玄はブドウ龍砲で撃ち落とす。

「無駄だ、呉島光実。あなたはその男に勝てなかった。わかるだろう？」

余裕を取り戻したのか、狗道供界は落ち着いた声で告げる。だがその口元は嗜虐《しぎゃく》の愉悦に歪《ゆが》んでいた。救世主には程遠い、残忍な笑み。

『ドラゴンフルーツエナジー！』

デュークが新たなロックシードを装着し、新たな姿に変わる。

アーマードライダーデューク　ドラゴンエナジーアームズ。

メガヘックスによって造られた戦極凌馬の複製体が変身したアームズだ。

「………………」

恐るべき敵を前に、龍玄はただ黙るばかりだ。

供界の言うことは事実だ。光実は結局、戦極凌馬の掌で踊らされていた道化に過ぎなかった。その結果、彼は最愛の人を失ってしまった。だが――。

「勝てなかった？　それはお前のことだろう？」

「……何だと？」

その言葉の真意を供界が確かめる前に、龍玄は駆け出した。

無謀ともいえる龍玄の突撃を、ソニックアローで迎え撃とうとするデュークだが――。

「こんな空っぽの器を作って、何の意味があるんだ？」

龍玄の動きは遥かに速く、既にデュークの懐に。そのまま渾身の力でロックシードをコアユニットごと引きずり剝《は》がす。

デュークの変身が解除され……中には誰もいなかった。

「戦極凌馬は最悪の人間だけど、確かに天才だった。狗道供界、お前はそんな彼を恐れていたんだ」

「……違う。私は戦極凌馬の研究を誰よりも評価していた。人類救済のために不可欠な人物だと思っていた。しかし彼が、私の差し出した手を拒んだのだ。悲しいかな、それが戦極凌馬、最大の過ちだった。あの時、私の手を取っていれば……彼は、神の誕生を見届けることができたのに」

「戦極凌馬はお前の本性なんかとっくに見抜いていた。何も生み出さないお前はただの亡霊だ。お前は全人類を、自分が堕《お》ちた場所まで引きずり落としたいだけなんだ」

「……貴様に、私の崇高な理想が理解できるはずもない」

「ああ、理解できないね……三流の考えることなんて」

凌馬が動画の中で使っていた表現だ。供界の顔が憤怒《ふんぬ》に歪んでいく。いままでの中で最も醜悪な表情だった。

「――貴様は地獄行きだ」

供界の宣言と共に、黒影の軍勢が、インベスの群れが出現する。

それは先ほど見せられた地獄の光景の再現だ。だが地獄の軍団が龍玄の下に辿り着くより前に――。

『メロンエナジー！』

『クルミオーレ！』

『ドリアンスカッシュ！』

『ドングリスパーキング！』

ソニックアローから放たれる光の矢が、クルミボンバーから発射されるエネルギー弾が、ドリキングカスクの鶏冠《トサカ》から迸《ほとばし》るエネルギー波が、ドンカチから射出されるドングリ型エネルギーが、地獄の軍団を次々と撃ち倒していく。

「馬鹿な……そんなことはあり得ない……！」

遠からんものは音にも聞け、近くば寄って目にも見よ。

動揺する供界の前に、並び立つのは四つの勇姿。

アーマードライダー斬月　ジンバーメロンアームズ！

アーマードライダーナックル！

アーマードライダーブラーボ！

アーマードライダーグリドン！

「みんな……！」

仲間の帰還を喜ぶ龍玄。もちろん彼らの無事を疑ってはいなかった。自分が乗り越えられた苦難を、彼らが乗り越えられないはずもないのだから。

だが狗道供界にとっては違う。それは完全に理解の及ばない出来事だった。

「呉島光実のみならず、全員が私の救済から逃れたというのか……！」

「Idiot《イディオ》! そうね、上から目線のお馬鹿さんには理解できないでしょうね」

「何が地獄だよ。クリスマスシーズンのシャルモンの方がよっぽど地獄だぞ、このヤロー！」

「要は場数が違うんだよ、場数が」

「そういうことだ、狗道供界。お前が語る救済など、虚しいまがいものに過ぎない」

ソニックアローを供界に突きつけ、斬月は不敵に告げる。

「さあ、みんな。世界を救うぞ」

それが最終決戦の合図となった。

「貴様らは救うに値しない！　その存在、ここで完全に消し去る！　さもなければ人類は再び無明の闇をさまようことになる！」

叫び、黄金の果実に手をかざす狗道供界。

供界の腰に、破壊されたはずの戦極ドライバーとゲネシスコアが出現した。

そして、さらに黄金の果実が――。

「黄金の果実がロックシードに⁉」

貴虎の胸に苦い思い出が甦る。その形はかつて、彼の幼馴染み《おさななじ》である朱月藤果《あかつきとうか》が使っていたものと瓜二《うりふた》つだった。

リンゴロックシード。戦極凌馬が最初に開発したロックシード。

すべてはそこから始まったのだ。狗道供界の運命もまた。

狗道供界が手にしたロックシードが黄金に輝く。そして、もう片方の手にはザクロロックシードが。

『ザクロ！』『ゴールデン！』

「――変・神」

狗道供界の全身を、鮮血と黄金の鎧が覆っていく。

『ブラッドザクロアームズ！　狂い咲きサクリファイス！』

『金！　ゴールデンアームズ……黄金の果実……！』

血の色でありながら黄金の輝きを持つ、異形の救世主が降臨する。

アーマードライダーセイヴァー　ゴールデンアームズ！

「覚悟なさい！」

臆することなくブラーボが二本のドリノコで、セイヴァーに斬りかかった。

そのひとつをセイヴァーアローで受け止め、もうひとつを諸刃《もろは》の長剣ソードブリンガーで受け止めるセイヴァー。

「このぉ……！」

「救済を受け入れぬ罪人よ。貴様らの蜘蛛の糸は切れたぞ！」

押し負けて、よろめき倒れるブラーボ。そこに二刀から放たれる黄金十字の太刀風が迫る。

「させるものか！」

ブラーボの前に躍り出た斬月がメロンディフェンダーで、セイヴァーの斬撃を退けた。

「嗚呼《ああ》、メロンの君……ワテクシのために……！」

続いてグリドンとナックルが同時に、セイヴァーへと跳びかかる。

「オラァァァッ！」

ドンカチとクルミボンバーの連打が、セイヴァーを襲う。

しかしセイヴァーは二刀を巧みに操り、そのすべてを凌《しの》いでいく。

「小賢《こざか》しい！」

セイヴァーの放つ血風が衝撃波となって、グリドンを吹き飛ばした。

「くっそぉっ！」

「まだまだァ！」

ナックルがマロンエナジーロックシードをゲネシスコアに装着する。

『ジンバーマロン！　ハハッー』

ナックルが装甲をまとうのと同時、両拳から突き出たスパイクが射出され、矢の雨となってセイヴァーに降り注ぐ。

「うおおおおお！」

イガグリ型のグローブを装甲解除したナックルの両拳は、燃える炎の手甲をまとっていた。

繰り出される炎の拳がセイヴァーに炸裂《さくれつ》する！

『メロンオーレ！』『ジンバーメロンオーレ！』

そこにすかさず、斬月の放つエネルギーの刃が追撃する。

ジンバーアームズの大技を二つ同時に喰らったセイヴァー。だがセイヴァーは倒れない。ソードブリンガーとセイヴァーアロー、二つの武器に強大なエネルギーが集まっていく。

「……滅びろ！」

必殺の一撃を放った後の斬月とナックルには大きな隙が生じていた。グリドンはまだ倒れている。ブラーボは間に合わない。絶体絶命と思われたその時――。

『ジンバードラゴンフルーツ！』

「――!?」

響き渡る電子音声に全員の視線が集まった。

そこには新たな装甲をまとった龍玄の姿。龍玄の戦極ドライバーにはゲネシスコアとドラゴンフルーツエナジーロックシードが装着されている——そう、先の戦いで供界が呼び出したデュークから奪い取ったものだ。

英雄《ヒーロー》を胸に燃やして戦うその姿は、烈風まといし双龍《ダブルドラゴン》——アーマードライダー龍玄ジンバードラゴンフルーツアームズ！

「……貴様ぁっ！」

「これで……とどめだァッ！」

龍玄のソニックアローから放たれたエネルギーの矢は、二匹の龍となってセイヴァーに食らいつく！

ナックル、斬月、そして龍玄。ジンバーアームズによる三つの必殺技が重なって、ついにセイヴァーに致命傷を与えた。

セイヴァーのまとう鎧の黄金がひび割れ、メッキの如く剝がれていく。断末魔の叫びと共にセイヴァーが爆裂四散する。

しかし、それでもまだ——。

「無駄だ……無駄なのだ……！」

どこからともなく供界の声が聞こえ——。

『ダークネスアームズ……オゥゴンの果実……！』

　黄金の輝きは失われ、汚れた紅と澱《よど》んだ闇色に染まっていたが、再びセイヴァーが無傷のまま現れる。

　アーマードライダーセイヴァー　ダークネスアームズ。

「黄金の果実となり、世界とひとつになった私を滅ぼす術はない……もう理解しているのだろう？」

　供界の言う通りだった。かつての狗道供界は現実世界に留まるために、戦極ドライバーを必要としていた。しかしいまの彼には関係ない。そもそもここが供界の生み出した世界そのものなのだ。

　世界と一体化した、実体のない悪霊を相手に為す術はあるのか？

　絶望的な戦いに、しかし誰一人として諦める者はいなかった。

「ならば滅びるまで相手をしてやるまでのことだ」

　五人の英雄と、偽りの救世主との戦いは続く。

　繰り返す戦いを地獄と呼びながら、いまや狗道供界自身が地獄に囚われていた。

6

その男は、確かに生死を超えたのだろう。

肉体の束縛から解放され、三千世界と融和した超越者なのだろう。

時間を超え、空間を超え——しかし、それ故に男は未来を持たなかった。

未来を持たぬ故に、創造という概念を持ち合わせていなかった。

命は進化する。進化とは創造だ。あのヘルヘイムがどれほど残酷な宇宙のシステムであったとしても、その一点だけは確かなことだ。

如何に男が生死を超えた存在であったとしても、創造を持ち得ぬのならば、それはただの『死』と何ら変わりない。

ならば男は生死を超えたのではなく——ただ死んでいるだけなのだ。

世界にたまたま映し出された、意味のない影——幽霊だ。

男は、自らの思想を否定する五つの命を排除するために戦っている。

戦いの中、男は幾度となく滅びる。そのたびに繰り返す。そしてまた滅びる。

繰り返すほどに、男の中に宿る黄金は失われていく。

いまや男は、自分が何者であるのかさえ、完全に失っていた。

まさしく地獄だ。そしてそれが男の真実だ。

男が得た真実はただの死であり虚無だ。変身を繰り返してきた男は、ついに真実の姿へと辿《たど》り着く。


「……蛇よ……迷える私を……導きたまえ……」

かつて男を導いた『蛇』のイメージ。そして男を満たす『死』が交わり、形を成す。

それは重なる骨を象《かたど》った錠前《ロックシード》。錠が開かれ、虚無の声が響き渡る。

『――魔蛇《マージャ》』


どれほどの時間を戦ったか、彼らにはわからない。

永遠に続く時間だったようにも感じるし、ついさっきのことのようにも思える。

とにかく戦った。戦った。戦い抜いた。

何度倒しても甦る敵を相手に、彼らは傷つき、疲れ果てた。

しかし彼らは諦めない。誰一人として心折れる者はいない。

この世は地獄なんかじゃない。何故なら自分がいつでも独りでないことを知っていたから。

俺たちは弱くない。どんな痛みも超えてゆける。

だから、そう。護るため立ち上がれ。自分じゃなく、この世界のために。

こんな虚無の亡霊なんかに、世界を好きにさせていいはずがない！

そして幾度目かの——もしかしたら幾十か幾百か幾千度目かの——撃破の果て。

ついに敵は、真実の姿をさらし出す。

クラックから降り注ぐ無数の骨。おびただしい数の『死』そのものを組み立てるようにしてそれは現れた。

『魔蛇アームズ……邪ノ道は蛇……！』

狗道供界の空虚な魂を顕すその姿は、がらんどうの餓者髑髏《がしゃどくろ》——アーマードライダーセイヴァー　魔蛇アームズ。

「フン……それっぽくなってきたじゃねえか……！」

不敵に笑うザック。しかしその声は疲労の色が隠せない。

ザックだけではない。光実、貴虎、凰蓮、城乃内……皆、限界だった。

しかし負けるわけにはいかない。これが限界だと言うのなら、その限界を超えるだけのこと。

いままでずっと、そうやって戦ってきた。そしてこれからもそうだろう。

俺たちは戦いを恐れない。その先にある希望を信じている……！

『魔蛇スカッシュ……！』

セイヴァーが禍々しき太刀――黄泉丸《ヨミマル》を振るうと、無数の骨が波濤《はとう》となって押し寄せてきた。
五人は何とか迎え撃つべく、渾身の力を振り絞って立ち上がり――。

無数の世界の、無数の物語。

可能性と可能性が交差する時、時折、新しい世界が生まれることがある。

それは幻のようなものだが――確かに世界のひとつだ。

そしてここは狗道供界が思い描いた死の世界ではあるが、同時に世界と世界の狭間《はざま》でもあった。

可能性と可能性が交差する場所でもあった。

龍玄。斬月。ブラーボ。グリドン。ナックル。

五人の心の中にはいま、ひとつの共有したイメージがある。

――英雄《ヒーロー》。

そこに護るべきものがあるのなら、たとえ世界の果てでも疾風の騎士《ライダー》の如く駆けつけるもの。

五人の――いや、人類の誰もが思い描く希望は真の黄金となって、偽りの黄金を打ち砕く。

人々の想いが、その可能性を引き寄せ、新たな物語として具現化する。

さあ世界よ、いまこそ物語れ！　大団円《デウス・エクス・マキナ》の英雄を！

『バナナアームズ！　ナイト・オブ・スピアー！』

黄金に輝く槍《やり》の如き巨大な実芭蕉《バナナ》のオーラが、押し寄せる骨の群れを一撃の下に吹き飛ばした。

「えっ……？」

思わず周囲を見回すザック。姿は見えない。声も聞こえない。

だが確かに、ザックは『彼』の気配を感じていた。

「戒斗……お前なのか？」

『マツボックリアームズ！　一撃！　イン・ザ・シャドウ！』

次いでセイヴァー目がけて、幾本もの黒い槍――影松が飛んできた。

影松に串刺しにされ、セイヴァーは獣の咆哮《ほうこう》のような悲鳴を上げる。

その光景を凰蓮と城乃内は呆然と見つめている。

「……何が起こってるの？」

「初瀬ちゃん……！」


『魔蛇スパーキング……！』

怒り狂うセイヴァーが無数の骨を組み合わせて、見上げるほどに巨大な骨の腕を組み上げた。

轟音《ごうおん》と共に振り下ろされる、骨の腕。

「クッ……！」

構えたソニックアローを斬月が放つ、それより速く。

『ピーチエナジーアームズ！』

『チェリーエナジーアームズ！』

光の矢の雨が絶え間なく、骨の腕に降り注ぐ。

そのことごとくを完膚無きまでに粉砕し、塵《ちり》へと変えていく。

――相変わらずですね、主任。

――俺まで担ぎ出すのはどうかと思うがね。

そんな声が貴虎の耳に届いた、ような気がした。そして……。

『レモンエナジーアームズ！

ファイトパワー！　ファイトパワー！

ファイファイファイファイ・ファファファファファファイ！』

セイヴァーの胸に大きな穴が空いていた。

ソニックアローが放つ必殺の一矢ソニックボレーがセイヴァーを貫いたのだ。

「リョォォウマァァァァァァ……！」

セイヴァーが血を吐くような雄叫びを上げて倒れる。

そしてセイヴァーの生み出した、死せる沢芽市の崩壊が始まった。

7

たったいま起こった不思議な出来事の意味を考える間もないまま、あらゆるものが崩壊していく。

大地がひび割れる。菩提樹が崩れ、空に咲いた蓮の華が枯れて散る。

「おいおい、今度は何が始まるんだよ⁉」

突然の出来事に慌てるザック。

「崩れていく……狗道供界の世界が」

光実はその意味を理解していた。狗道供界の世界が崩壊するということは、ついに狗道供界が滅びようとしているのだ。

「……ようやく終わったのか」

「S'enfuir!《サンヒュイール》　感慨に耽《ふけ》ってる場合じゃなくてよメロンの君！　早くここから逃げ出さないと！」

「でも凰蓮さん、逃げるって言ってもどこに⁉」

――否。まだ終わっていない。

倒れたセイヴァーの周囲に、おびただしい数の骨が集まっていた。

骨の群れがセイヴァーを呑み込み、複雑に繋がって、巨大な何かを組み立てていく。

それはすべてを引き裂く牙を持つもの。それはすべてを噛《か》み砕く顎《あぎと》を持つもの。

それは骸骨で造られた、巨大な肉食恐竜《プレデター》だった。

骸骨恐竜の頭部が四つに割れて、その中から巨大な髑髏とそこに埋まったセイヴァーが姿を現す。

「うわぁ！　ホントにしつこい！」

「ちょっとマズイわねぇ……」

崩壊する世界に轟《とどろ》く骸骨恐竜の咆哮。アーマードライダーたちは身構えるものの、崩れゆく大地にまともに立つことさえままならない。

骨を鳴らし、怨嗟《えんさ》の雄叫びを上げて、骸骨恐竜が五人を襲う。

……あとは皆まで語る必要はないだろう。そう、最後に現れるのは彼しかいない。


『フルーツバスケット！』


鋼の果実の群れが次々と骸骨恐竜に激突し、その巨体を怯ませた。

アーマードライダーたちと骸骨恐竜との間。

光を放ち、彼らに背を向けて立つ、ひとりの男がいた。

鋼の果実が、彼を囲むように飛び回る。その輪は徐々に小さくなり、やがてすべての果実が大いなるエネルギーと化して、彼の中に宿るのだ。

光輝の男を讃《たた》えるように、声が告げる。

『極アームズ！　大・大・大・大・大将軍！』

その姿はあらゆる魔を断つ破邪の聖銀。人々の心に宿る英雄そのものの姿。

そう、彼こそが――。

「紘汰さぁぁんッ！」

光実が彼の名を叫ぶ。すべてを救って去っていった英雄。本物の救世主。

そして何よりも――僕たちの大切な仲間。

白銀の戦士がわずかに光実たちの方を振り返った。その仮面の下で、いつものあの笑顔を向けてくれているような気がした。

光実たちの目の前でクラックが開く。

心構えもないまま、光実たちはクラックへと吸い込まれていく。

「これは……元の世界に帰れるのか？」

「ええ⁉　ちょっとお前！　何でそう毎回水くさいのさ⁉　俺だってまだ戦える……うわああ！」

「はいはい、大丈夫よ坊や。二度あることは三度あるってね。これからもちょくちょく会えるかもしれないわよ」

「紘汰、悪ィな！　俺の代わりにガツンと一発ぶちかましてやってくれ！」

「紘汰さん！」

最後に光実が、白銀の戦士に語りかける。

「僕だっていつまでも助けられてるだけじゃありません！　紘汰さんや舞さんがピンチの時は、たとえ宇宙の果てでも駆けつけますから！　僕たちずっと仲間です！」

白銀の戦士は答える代わりに、力強く親指を突き立てる《サムズアップ》。

そして崩壊する死の世界には、白銀の戦士と骨の怪物だけが残された。

「……かずらば、こうた」

もはやほとんどの自我を失っているはずのセイヴァーが、向かい合う戦士の名を呼んだ。

その声には、微かな意思を感じさせる。

「……黄金の……果実……」

骸骨恐竜が一歩ずつ、白銀の戦士に近づいていく。

「……私は、その力で……人類の救済、を……」

「なあ。あんたが本当に救いたかったのは何なんだ？」

白銀の戦士の問いは、超越者としてではなく、ただひとりの人間としてのものだった。

「わたし、は……じん、るいを……わた、しが……わたし、を――」

「あんたが本当に救いたかったのは……世界に融けて消えちまった自分自身じゃないのか？」

「……わたし、を……た、すけて……」

そしてセイヴァーの中から、最期の意思が消えた。

もはや何ものでもない空っぽの怪物が、滅びゆく世界に断末魔の咆哮を上げる。

骸骨恐竜が、その圧倒的な巨体で白銀の戦士を踏み潰すべく、跳躍する。着地の衝撃でひび割れていた大地がさらに砕け、クレーターを作り出した。

しかしそこにはもう白銀の戦士の姿はない。

髑髏に埋め込まれたセイヴァーが頭上を見上げる。太陽のない世界の空――だがそこに熱くオレンジ色に燃えるエネルギーの塊があった。それはまるで闇夜を照らす、朝日の輝きにも似て。

『――極《キワミ》スカッシュ！』

オレンジのオーラをまとい飛翔する白銀の戦士の蹴りが、セイヴァーごと骸骨恐竜を貫いた。

黄金に輝く爆炎が骸骨恐竜を、セイヴァーを包み込む。死者が灰と塵に還るように、セイヴァーが光の中に砕けてゆく。偽りの救世主が消えてゆく。

光の中でセイヴァーだった男は見た。英雄という概念が形を成した白銀の戦士――アーマードライダー鎧武を。

「葛葉紘汰……あなたはいつまで戦い続ける気だ？」

最期の瞬間に正気を取り戻した彼が、最期の問いを投げかけた。

それはきっと命そのものに対する問いかけだ。はたして戦士の答えは簡潔だった。

「生きている限り、ずっと」

「……そうか。ならば生きて、死ね。この苦痛に満ちた、この世界で」

それは呪いの言葉か。祝福の言葉か。

酷く穏やかな声で、セイヴァーだった男は告げる。

「私は、何もない場所に、ひとり、堕ちてゆく」

そして、男は消えた。

白銀の戦士が――葛葉紘汰が、彼に語りかける。

世界に融けて消えた彼へ贈る、もうどこにも届かない言葉。

「おやすみ――狗道供界」

もうどこにもいない、彼の名前を呼ぶ。

終章

狗道供界の計画は潰《つい》えた。

沢芽市に聳《そび》えた菩提樹《ぼだいじゅ》もまた、幻のように消えてしまった。

消滅したはずの人々は、何事もなかったように現実に帰還した。そもそも市民には狗道供界に洗脳された間の記憶がない。人々の主観的には実際に「何事もなかった」のだ。

ただ菩提樹によって地下放水路を中心とする広範囲が破壊されたため、沢芽市の復興にはさらに多くの時間と予算が必要となり、市は頭を悩ませることになる（なお公的には地下放水路の爆発事故という扱いだ）。

世界中にばら撒《ま》かれたザクロロックシードはすべて機能を停止した。もはや危険性はないはずだが、黒の菩提樹が有していたロックシードの量産技術が外に漏れているとすれば一大事である。実際に近頃、ユグドラシルの残党が関与している幾つかの秘密結社で不穏な動きが見受けられる。呉島貴虎の戦いは終わらない。

凰蓮は以前にも増して「シャルモン」を留守にすることが多い。おそらくは貴虎に協力して、ユグドラシル残党と戦っているのだろう。世界最強のパティシエ、凰蓮・ピエール・アルフォンゾの戦いは続く。

凰蓮が長期間、店を留守にできるのは、そもそも弟子の城乃内が十分信頼に足る腕前を持つからだ。

城乃内秀保。彼の戦場は「シャルモン」の厨房《ちゅうぼう》だ。だがいま、彼の下に戦極ドライバーが帰ってきた。もし新たな危機が迫る時、彼は再び不屈のアーマードライダーとなって戦うだろう。

ザックは長い間、怪我の後遺症——実際には心理的なものだ——に苦しんでいた。しかしネオ・バロンの一件から始まった今回の事件を通して、彼はまたひとつ強くなった。ザックはいまもなお、戒斗との最後のやり取りを思い出す。彼に恥じないよう強くあり続けたいと願う。胸に秘めた、ザックの静かな戦い。

大きな事件があった時、光実は兄である貴虎を手伝い、共に戦うこともある。しかし大学生である彼の本分は勉学だ。かつてはただ兄に言われるままに、学んでいただけだった。しかしいまの彼は自ら何を学ぶべきかを選んでいる。

自らの意思で生きる。それはかつての戦いの日々と比べれば、小さな戦いだ。しかし確かに呉島光実の戦いなのだ。


その日、光実は大学の講義の空き時間に、公園のベンチに座り、以前から読みたかった分厚いペーパーバックに目を通していた。

聞こえてきた賑《にぎ》やかな声に顔を上げると、少し離れた場所で数人の子供たちが、ストリートダンスの練習をしているのが目に入る。

如何《いか》にも我流な動きは、テクニック云々《うんぬん》を評価するレベルのものではなかったが、皆一生懸命に踊っていた。

「なあ、いまのタイミング変じゃない？」

「お前がズレてるから、こっちも引っ張られるんだろ！」

些細《ささい》なことで言い争いが始まり、ふて腐れた一人がダンスの輪から外れると、離れた場所で携帯ゲームを始める。

「やれやれ……」

そんな子供たちの様子に苦笑する光実。声でもかけてやろうかと考えていると、ふて腐れた子供の前で仲間の子たちがおどけたダンスを踊り出した。

「ｙｏｙｏ　怒ってないで　元気出して　一緒に踊ろうｙｏ♪」

「何だよ、それ？」

思わず吹き出した子供は、再びダンスの輪へ加わると練習を再開した。

そんな子供たちの様子が、チーム鎧武で踊っていた頃の自分に重なって見えて、思わず微笑んでしまう。

――またみんなと踊るのもいいかもしれない。

そんなことを考えながら、彼は周囲を見渡す。

何てことはない日常の、だからこそかけがえのない光景。

見上げれば、雲ひとつない青空。

呉島光実は願う。どうかこの青空があの人たちの下まで繋《つな》がっていますように。

遥《はる》か遠い——地球でさえない遠い星の、大切な人たちの下まで。


「私にはその狗道供界って人の気持ちが何となくわかるよ。私も紘汰が迎えに来るまでは、世界の狭間《はざま》をさまよっていたから」

彼は静かに、傍らの少女の言葉に耳を傾けていた。

空を見上げる。光さえ届かない不毛の世界だったこの星にはいま、自らの命を謳歌《おうか》する自然と、どこまでも広がる青空がある。

「彼と私たちの違いはたぶんたったひとつ——仲間がいたか、どうか」

彼女の言う通りだと思う。あの青い故郷の仲間たちのことを想うと、いまでも力がわいてくる。

だから自分は戦えたんだ。どんなに涙を流すことになっても、前に進むことができるんだ。

——だから俺は、この世界を地獄だとは思わない。

その時、彼の超越者としての知覚が何かをとらえた。

彼は立ち上がりクラックを開く。その先には——また新たな戦場が。

「……また誰かが呼んでいるのね？」

彼は頷《うなず》く。それが誰なのかはまだわからない。

だが彼は誓ったのだ。守りたいという祈り。見捨てないという誓い。それが自分のすべてだと。

だから誰であっても構わない。俺は悲しみを止めるために、この力を使おう。

——さあ、往こう。誰よりも速く、騎士《ライダー》のように駆けつけよう。

そして彼は、今日もまた、心の黄金、輝かせて——。

「——変身！」

ここからは俺のステージだ！

完

鎧武シリーズ時系列

□数年前（『鎧武《ガイム》外伝　仮面ライダーデューク』）
※戦極凌馬、最初のロックシード、リンゴロックシードを独自に開発。
※狗道供界、リンゴロックシード起動実験の被験者に。
※リンゴロックシードが暴走、狗道供界消滅（死亡事故扱いに）。
※リンゴロックシードは回収され、呉島天樹《あまぎ》の元に。
※戦極凌馬と呉島貴虎、最初の出会い。
※戦極凌馬、湊耀子とシドをスカウト。

□時空間（講談社キャラクター文庫『小説　仮面ライダー鎧武』）
※消滅したはずの狗道供界、擬似オーバーロード化。
時空間をさまよう存在になり、様々な世界線を目にする。
※狗道供界、サガラと遭遇し、ゲネシスの力を与えられ、現世に帰還。

□第一話〜十話（テレビシリーズ）
※葛葉紘汰と高司舞、ヘルヘイムの森に迷い込み、ビャッコインベスに遭遇。
※葛葉紘汰、アーマードライダー鎧武に初変身し、ビャッコインベスを撃破。
※駆紋戒斗、呉島光実、初瀬亮二、城乃内秀保がアーマードライダーに。

※凰蓮・ピエール・アルフォンゾ、アーマードライダーとして戦線に急遽《きゅうきょ》参入。
※ロックシード争奪のクリスマスゲームを開催。
※アーマードライダー斬月の攻撃により、初瀬亮二の戦極ドライバーが破損。

□第十話～十二話（テレビシリーズ／『鎧武外伝　仮面ライダーデューク』）
※戦極凌馬、ザクロロックシードの事件の裏に狗道供界の存在を確信する。
※ゲネシスドライバー四基、ロールアウト。
※狗道供界、アーマードライダーデューク（戦極凌馬）に敗れる。
○再度、現世に帰還。シュラたちにザクロロックシードを流す。（『鎧武外伝　仮面ライダーナックル』）

□第十三話～十九話（テレビシリーズ）
※初瀬亮二、ヘルヘイムの実を口にし、ヘキジャインベスに変貌。
※ヘキジャインベス、アーマードライダーシグルド（シド）により抹殺される。
※葛葉紘汰、駆紋戒斗、ユグドラシルにより拘束される。
※葛葉紘汰、駆紋戒斗、サガラの助力でユグドラシルより脱出。
※ビートライダーズ抗争終了。合同ダンスイベント開催。

※ザック、量産型戦極ドライバーでアーマードライダーナックルに変身。
※葛葉紘汰、駆紋戒斗、再度ユグドラシルに潜入。

□第二十話〜二十一話（テレビシリーズ／『鎧武外伝　仮面ライダー斬月』）
※朱月藤果《あかつきとうか》、呉島天樹を殺害。禁断のリンゴロックシードを入手。
※呉島貴虎、葛葉紘汰にヘルヘイムの真実を伝える。
※戦極凌馬、駆紋戒斗にヘルヘイムの真実を伝える。
※呉島貴虎、呉島天樹の実験実態を知り、アーマードライダーイドゥン（朱月藤果）と対決し、撃破。
※戦極凌馬、朱月藤果を秘密裏に抹殺。禁断のリンゴロックシードを回収。

□第二十一話（テレビシリーズ／『鎧武外伝　仮面ライダーバロン』）
※駆紋戒斗、戦極凌馬の依頼を受け、ヘルヘイムの森を調査。
※駆紋戒斗、アーマードライダータイラントを撃破。
※禁断のリンゴロックシード、駆紋戒斗が使用後に機能不全に。
※シャプール、アルフレッドから真相を知り、覚悟をもって祖国に帰還。

□第二十二話～二十三話（テレビシリーズ）
※葛葉紘汰、呉島貴虎によりビャッコインベスとなった角居裕也《すみいゆうや》を殺した真実を知る。
※サガラ、葛葉紘汰にカチドキロックシードを与える。
※葛葉紘汰、カチドキアームズに初変身し、スカラーシステムを破壊。

□第二十四話～二十七話（テレビシリーズ）
※葛葉紘汰、駆紋戒斗、呉島光実、各自オーバーロードを捜索。
※葛葉紘汰と呉島貴虎、共闘の後、協力を約束する。

□第二十八話～三十二話（テレビシリーズ）
※呉島貴虎、戦極凌馬の手により失脚。ヘルヘイムの森で行方不明に。
※呉島光実、アーマードライダー斬月・真になりすまし、葛葉紘汰を攻撃。
※呉島貴虎、オーバーロード・ロシュオにより命を救われる。
※オーバーロード・デェムシュ、沢芽市に侵攻を開始。
※オーバーロード・ロシュオ、シドを抹殺。
※サガラ、葛葉紘汰に黄金の果実のかけらの力・極ロックシードを授ける。
※進化するデェムシュにバロンらアーマードライダーが応戦。

※戦極凌馬、単独で沢芽市を脱出。
※暴走するデェムシュをアーマードライダー鎧武 極アームズが圧倒的な力で撃破。
※オーバーロード・レデュエ、大量のインベスと共に沢芽市に侵攻。

□第三十三話～三十六話（テレビシリーズ）
※レデュエ、全世界に宣戦布告。
※沢芽市への全世界からのミサイル攻撃が行われるが、逆にロシュオの力により各国が壊滅的な打撃を受ける。
※オーバーロードに占領される沢芽市は全世界から隔離される。
※呉島光実、レデュエとの交渉で自分の望む人間だけを救う方策を取り始める。
※呉島貴虎、沢芽市に帰還し、葛葉紘汰や湊耀子たちに協力。
※呉島光実、葛葉紘汰と決裂。紘汰を攻撃するも兄・貴虎に阻まれる。
※駆紋戒斗、レデュエの攻撃により、腕を負傷し、ヘルヘイムの毒に冒される。
※呉島貴虎、弟・光実の暴走を止めるべく、アーマードライダー斬月に再び変身。
※兄弟対決の末、とどめをさせない呉島貴虎の隙を突き、光実が勝利。
※呉島貴虎、海に沈み、生死不明に。

□第三十七話（テレビシリーズ／『劇場版　仮面ライダー鎧武　サッカー大決戦！　黄金の果実争奪杯！』）
※葛葉紘汰と駆紋戒斗、それぞれラピスと出会う。
※サッカーですべての勝負がつく見知らぬ沢芽市に迷い込む。
※ラピスの正体が夢を操るオーバーロードと知る。葛葉紘汰、ラピスと協力し、オーバーロードが作り出した黄金の果実・コウガネを撃破。

□第三十八話～四十一話（テレビシリーズ）
※戦極凌馬、沢芽市に帰還。ユグドラシルタワーへの侵入を提案する。
※呉島光実、高司舞を拉致。ロシュオに保護を求める。
※葛葉紘汰、黄金の果実の影響でオーバーロードとしての力が目覚め始める。
※ロシュオ、高司舞に亡き王妃の面影を重ね、黄金の果実を託す。
※葛葉紘汰と駆紋戒斗、ロシュオと対決。その最中、レデュエがロシュオを強襲。
※葛葉紘汰、オーバーロードの力を操り、レデュエを撃破。
※ロシュオ、王妃の亡霊に看取られ、死亡。

□第四十二話～四十三話（テレビシリーズ）

※高司舞、ロシュオに埋め込まれた黄金の果実の力で意識不明に。
※呉島光実、戦極凌馬に高司舞の治療を懇願。葛葉紘汰を高司舞に引き合わせないため、ヨモツヘグリロックシードでアーマードライダー龍玄《リュウゲン》・黄泉《ヨミ》に変身し、応戦。
※呉島光実、葛葉紘汰に致命傷を与える。
※戦極凌馬、高司舞の心臓と一体化した黄金の果実を心臓ごと摘出する。
※戦極凌馬の非道に、呉島光実は絶望し、駆紋戒斗は怒り、対決。
※駆紋戒斗、ヘルヘイムの毒が全身にまわるも、果実を口にすることで、ロード・バロンに変貌。致命傷を受けた戦極凌馬、死亡。
※葛葉紘汰、驚異的な回復力で復活する。

□第四十四〜四十五話（テレビシリーズ）
※葛葉紘汰と駆紋戒斗、オーバーロード相当の力を有する。
※『始まりの女』となった高司舞は、戦いを止めるべく過去から未来、時間を巡る。
※駆紋戒斗、世界を作り変えるべく、黄金の果実を求める。
※湊耀子とザック、駆紋戒斗に協力する。
※凰蓮・ピエール・アルフォンゾと城乃内秀保、駆紋戒斗を妨害するも、逆に戦極ドライバーを破壊される。

※ザック、秘密裏に用意した爆弾で駆紋戒斗を止めようとするが、湊耀子の妨害により、計画は失敗。爆発に巻き込まれ、湊耀子、死亡。
※仲間たちとの日々から別れ、葛葉紘汰、黄金の果実を求める最後の戦いへ。

□第四十六話（テレビシリーズ）
※葛葉紘汰と駆紋戒斗、世界をかけた戦い。
※熾烈な戦いの末、勝利した葛葉紘汰は黄金の果実を口にし、『始まりの男』に転生。ヘルヘイムの森とインベスのすべてを別の惑星に運び、高司舞と共に地球を去る。

（三ヵ月後）
※沢芽市に活気が戻り始める。
※生死不明だった呉島貴虎、昏睡状態《こんすいじょうたい》より回復し、呉島光実との再会を果たす。

□第四十七話（テレビシリーズ最終話）
※ビートライダーズ、活動を再開。
※残された唯一の戦極ドライバーは呉島光実が所持。
※城乃内秀保、初瀬亮二の最期を知り、アーマードライダー黒影に変身。

※呉島光実、城乃内秀保、アーマードライダー邪武に苦戦を強いられる。
※アーマードライダー邪武は不完全復活を果たしたコウガネであった事が判明。呉島光実が、一時帰還した葛葉紘汰と共に撃破。

□『仮面ライダー×仮面ライダー　ドライブ&鎧武　MOVIE大戦フルスロットル』
※沢芽市にメガヘクスが飛来。
※呉島貴虎、メカ戦極凌馬を撃破し、コピーされたゲネシスドライバーを獲得。
※高司舞の力で、さらにメロンエナジーロックシードを得て、アーマードライダー斬月・真、復活。
※アーマードライダー、仮面ライダードライブと共闘の末、メガヘクスを撃破。

□『仮面ライダー×仮面ライダー　ドライブ&鎧武　MOVIE大戦フルスロットル』から数ヵ月後（『鎧武外伝　仮面ライダーナックル』）
※ザック、ダンスの腕を磨くために単身渡米。
※ザックは帰国後、ネオ・バロンのシュラとの戦いに臨む。
※ザック、呉島光実より「戦極ドライバー」「クルミロックシード」と新たに「マロンエナジーロックシード」を受領。アーマードライダーナックル、復活。

※ザック、駆紋戒斗の遺したゲネシスドライバーのゲネシスコアをペコより受け取り、ジンバーマロンアームズに変身。ブラックバロン（シュラ）を撃破。

□『鎧武外伝　仮面ライダーナックル』同時系列～（講談社キャラクター文庫『小説　仮面ライダー鎧武』）

※呉島貴虎、必要最低限の戦極ドライバーを量産。
※凰蓮の協力も得て、各国でヘルヘイムの力を悪用するユグドラシルの残党を制圧。
※黒の菩提樹の信徒にザクロコアとザクロロックシードを作らせ、狗道供界、復活。

砂阿久 雁 ▶ シナリオライター。主な担当作品は、小説『GUILTY CROWN PRINCESS OF DEADPOOL』、アニメ『翠星のガルガンティア』、漫画『進撃の巨人　悔いなき選択』など。

鋼屋ジン ▶ ニトロプラス所属のシナリオライター。主な担当作品は、PC ゲーム『斬魔大聖デモンベイン』、特撮『仮面ライダー鎧武』、『仮面ライダー鎧武 外伝』など。

虚淵 玄 ▶ ニトロプラス所属のシナリオライター、小説家。主な担当作品は、特撮『仮面ライダー鎧武』、アニメ『PSYCHO-PASS サイコパス』、布袋戯『Thunderbolt Fantasy 東離劍遊紀』など。

講談社キャラクター文庫 020

小説《しょうせつ》 仮面《かめん》ライダー鎧武《ガイム》

2016年3月23日　第1刷発行

著者	砂《すな》阿《あ》久《く》 雁《がん》（ニトロプラス） 鋼屋《はがねや》ジン（ニトロプラス）
監修	虚淵《うろぶち》 玄《げん》（ニトロプラス）
原作	石《いし》ノ《の》森《もり》章《しょう》太《た》郎《ろう》 ©2013 石森プロ・テレビ朝日・ADK・東映
発行者	清水保雅
発行所	株式会社　講談社 112-8001　東京都文京区音羽 2-12-21
電話	出版 (03) 5395-3491　販売 (03) 5395-3625 業務 (03) 5395-3603
デザイン	有限会社　竜プロ
協力	金子博亘
本文データ制作	豊国印刷株式会社
印刷	大日本印刷株式会社
製本	大日本印刷株式会社

ISBN 978-4-06-314875-6 N.D.C.913 239p 15cm
定価はカバーに表示してあります。Printed in Japan